PSICOFONÍAS DEL GATO CUÁNTICO

Title: Psicofonías del Gato Cuántico
ISBN-10:1940075203
ISBN-13:978-1-940075-20-4

Design: © Ana Paola González
Cover & Image: © Jhon Aguasaco
Author's photo by: © Raúl Ramírez -Kigra-
Editor in chief: Carlos Aguasaco
E-mail: carlos@artepoetica.com
Mail: 38-38 215 Place, Bayside, NY 11361, USA.

JORGE GUERRERO DE LA TORRE

PSICOFONÍAS DEL GATO CUÁNTICO

NUEVA YORK, 2014

GOBIERNO DEL ESTADO DE DURANGO
C.P. Jorge Herrera Caldera
Gobernador Constitucional del Estado de Durango

DIF ESTATAL DURANGO
Sra. Tere Álvarez del Castillo de Herrera
Presidenta

INSTITUTO DE CULTURA DEL ESTADO DE DURANGO
M.D. Rubén Ontiveros Rentería
Director General

Ing. Cecilia Sofía Piña Salas
Secretaria Técnica

Prof. María del Socorro Salazar Sosa
Coordinadora del Programa Editorial

GOBIERNO DEL ESTADO DE DURANGO
Bruno Martínez 143, Norte Zona Centro
34000, Durango, Durango

INSTITUTO DE CULTURA DEL ESTADO DE DURANGO
Privada Cerro de la Cruz 122, Lomas del Guadiana
34110, Durango, Durango

◢◣ CONACULTA

AGRADECIMIENTOS

Extiendo mi sincero agradecimiento a todos aquellos que intervinieron durante el largo proceso de creación de estos textos especialmente: a mi esposa por sus valiosas ideas y su inquebrantable y luminosa fe en mí; a los jueces del programa de estímulos económicos para la creación y desarrollo artístico de Durango por confiar en mi capacidad literaria; y a mis maestros Rogelio Treviño y Óscar Romo quienes, durante el breve tiempo en que convivimos, lograron corregir mi pasos como escritor.

Índice

Primera parte

Brevedad de los estados cuænticos

Monofobia: miedo a la soledad

El Dr. Cooper está solo en su laboratorio. El experimento de hiperinducción gluónica ha salido terriblemente mal. Según los sensores, no hay nadie más en el mundo: todos los demás han muerto. Un sonido: alguien lo mira desde afuera de la ventana.

Negocios umbrosos

Cuando al fin creció, el chico de *Nunca Jamás* vendió su sombra a una trasnacional. Hicieron spots publicitarios y hasta aplicaciones para Iphone. Ya es rico: obtiene ganancias desde las 8 a las 10 AM y de 3 a las 6 PM, pero nunca al mediodía.

Servicio comunitario

Se solicita al público en general, su ayuda para localizar a una joven miembro de la raza *Wröoblitah*, la cual se extravió desde que salió de su nicho colmenar, el pasado 68 de *febtriumbre*. Responde telepáticamente al nombre de *Drissühil*, y sus señas particulares son: mide 83 metros, alterna entre verde y translúcida, tiene maxilípedos de locomoción, y porta en la espalda un jardín con dos fuentes y un campanario. No se le debe interpelar.

Estallido de vasijas

El Dr. Cooper construyó una máquina del tiempo usando una maqueta cinematográfica adquirida en eBay.

En el viaje inaugural, fallaron los crono-nanocircuitos gravitónicos, y el físico viajó hasta el inicio del Universo, cuando el espacio-tiempo era una singularidad de densidad infinita. La llegada de Sheldon y su aparato, desestabilizó al punto primigenio haciéndolo estallar, y ambos —máquina y hombre— fueron lanzados de vuelta al presente. Como todo ocurrió en menos del *tiempo de Planck,* el Dr. Cooper no tuvo conciencia de lo ocurrido, y frustrado por el aparente fracaso, desmanteló la máquina.

Sin embargo, esa noche soñó que era Dios.

Hercólubus (Novo Edén)

Al final del 2012, el temido planeta gigante pasó tan cerca de la Tierra —como lo hacía al principio la luna de Calvino—, que las cimas de sus montes rozaron lentamente nuestras azoteas: muchos —recordando al viejo *Qfwfq*—, usamos escaleras de mano y emigramos al otro mundo, más verde, más limpio, sin gente con míseros problemas.

Cruzando el estigia

Un psicopompo, ese extraño ser que en las mitologías cumple la función de conducir las almas de los difuntos hacia la ultratumba, quiere llevarme consigo, y no deja de retorcerse furiosamente en el fondo de mi bolsillo, trocando su forma a cada instante: jaguar, cuervo, perro, candidato político, gobernante corrupto, dictador totalitario.

Evita caer por el agujero equivocado

— ¡Un conejo que habla! —fueron las últimas palabras de Alicia. Segundos después, aterrada, veía como el demonio blanco de largas orejas, comenzaba a devorarla con esas fauces en las que pronto, muy pronto, sería deglutida por entero.

Dédalo de mundos paralelos

Tanto hace ya que estoy perdido. Si doblo una esquina, o paso por una puerta, invariablemente llegaré a una ciudad diferente, con edificaciones absurdas, letreros incomprensibles, calles oscuras o luminosas, personajes bizarros. Será una nueva ciudad, nunca igual a la dejada atrás y siempre nueva, extraordinaria.

Ikiryō

Poseo tanto rencor contra varias personas, que he preferido marcharme de mi pueblo natal. Inevitablemente, una parte de mi alma abandona en ocasiones mi cuerpo y se presenta ante los sujetos de mi odio, a fin de maldecirlos o asustarlos.

Ósculo descafeinado

Aunque te bese con las mismas ansias, inclinado siempre sobre tu lecho, hoy no podría despertarte como antes.

Ya no yaces soñando, rodeada por un reino de profundos durmientes, ni sigues pinchada por mohosas ruecas infestadas de soporíferas esporas.

Y yo no me atrevo ni a mirarte, flácido, acabado y gris, aplastado por las monótonas y aburridas décadas transcurridas desde aquel día cuando era, todavía, un bello futuro monarca.

Doppelgänger

—En las leyendas nórdicas, ver uno su propio doble, es un augurio de muerte— me explicas inmutable, y lo único que puedo hacer, atónito, es escucharte mientras caminas a mi lado, con ese andar, esa voz y ese rostro, en todo idénticos a los míos.

No aceptes obsequios de tus enemigos del futuro

Contenido del insólito sándwich materializado ante ti: pan, jamón, tomate, cebolla, lechuga, mostaza, y el inaudible tic-tac de un microscópico dispositivo nuclear.

Mensajería paranormal

Sami Hyypiä, ex-futbolista finlandés, hoy se desempeña como chamán profesional. Su especialidad es invocar al *Etiäinen*, ese ente sobrenatural al cual hace aparecer en donde el convocador desee. Lo envía como emisario de sus clientes para leer mensajes o llevar telegramas cantados. Sin embargo, el espíritu rara vez los entrega con gran detalle.

Mors voluntaria

Cuando el árbol empezó a producir semillas y de ellas germinaron leñadores, los psicoanalistas diagnosticaron: "Tiene un impulso suicida."

Hipersomnia

El pie que se le durmió soñó con mejores zapatos, calcetines de alta costura y alfombras persas. Ya no quiso despertar.

Paradox

Con su máquina del tiempo viajó al futuro: Se descubrió arruinado y alcohólico. Destruyó la máquina y se dedicó a apostar en casinos.

Cerrojo

Pintó una puerta en la pared de su celda. Intentó abrirla pero la cerradura tenía puesta la llave: Ni siquiera en su imaginación era libre.

Tramposo

No creo en fantasmas, pero me dan miedo. Reconozco que soy yo quien empuja el vaso, que las sesiones de ouija son un truco para sacar pasta, sí, pero desde hace días mis respuestas me aterran.

Avanzando en la banda de Möebius

K abre la puerta. Tras un escritorio, el funcionario que buscaba, señala a otra puerta. Negrura. Se interna allí. Ruidos. Voces. *K* avanza durante un rato entre esas tinieblas sofocantes.
Fatigado, se acuesta a dormir. Cuando despierta, está sentado en un escritorio. Alguien abre la puerta. *K* señala.

El engaño

En la calle sintió que empezaba a convertirse en otro. Entre dolores indecibles alcanzó a llegar a la puerta de su casa. Luego no supo más. Ella le abrió, lo reconoció, lo besó.

Segunda parte

La máquina pentadimensional

Láser Tau Extintor

«*Muerte, domadora de la vida,*
destructora de la vida, principio y fin.»
Axel Munthe, escritor sueco

Nadie se puso de acuerdo al explicar cómo funcionó mal esa
máquina, pero tengo unas ideas al respecto:

Los problemas realmente comenzaron cuando Urrutök
I, Rey de Gahacia, Príncipe de Jænor y Emperador del Caribe,
ordenó a los sabios de la corte, encontraran una solución al
problema global. La respuesta resultó ser el Láser Tau Extin-
tor —algunos la llamaron simplemente LATE, para evitar el
rimbombante nombre—. En ese tiempo, urgía a la humanidad
extinguir los monstruosos incendios forestales que con llamas
incontrolables, arrasaban todo. La amenaza era de un rojo
prominente, avanzando incontenible sobre bosques y selvas,
reduciéndolos hasta negros trozos de carbón y pavesas.

LATE fue diseñado para apagarlos, pero el artilugio sólo
fue una esperanza al final fallida.

La gente de otros lugares dijo: «Quizás la poderosa nación ofrecerá una solución para combatir los fuegos»; otros

opinaron: «Tal vez y sólo así, dejará de ser consumida la escasa vegetación del mundo».

Efectivamente, al principio LATE resultó muy útil. Los incendios dejaron de avanzar, sofocados rápidamente; pero pronto todo se transformó —sin ningún aviso—, en desiertos de tierra calcinada. Luego hubo sólo cal y ceniza bajo el horizonte.

La fantástica invención, supuesta salvadora de la biosfera, fue utilizada por el Destino para otro objetivo, y hoy, nosotros apenas subsistimos bajo la superficie, ocultos del abrasador instrumento de la catástrofe.

Tanta tristeza. Tanto dolor cabizbajo. Tanta muerte.

Arriba, reino del olvido, es el dominio de campos destellantes y dunas de polvo negro.

Yo puedo hablar de eso: estuve presente aquel día, cuando el Rey Urrutök I —en solemne ceremonia—, botó la nave-transporte de LATE. El majestuoso espacio-puerto de la capital imperial estaba atestado por una multitud de curiosos. Oficiales de la guardia, magistrados de la Iglesia, periodistas y turistas bobos congestionaban festivamente el lugar. Niños a coro cantaban himnos en honor de nuestro monarca. Poetas levantaron odas, alabando la grandeza de nuestro Regente.

Entonces un redoble de tambores y se hizo el silencio.

Del ortintóptero real descendió Urrutök I, avanzando elegantemente. Tras él, los brillantes científicos de la corte le acompañaban. Luego del adornado discurso, concluyó Urrutök I , diciendo: «... A todos los pueblos del orbe, aquejados por la maldición de los fuegos globales, les entrego este regalo en nombre de la generosa Gahacia». Acto seguido, activó un control y el navío suborbital ascendió silenciosamente hacia la ionosfera, impulsado por un motor antigravitacional de última generación. Todos miramos el cono metálico perdiéndose en el alto azul. En gigantescas pantallas holo-murales, se mostraron cada una de las etapas de despliegue del maravilloso dispositivo: una vez alcanzada la altura necesaria, larguísimos brazos se abrieron, semejando una titánica araña espacial. Alcanzando su máxima envergadura, LATE emitió una serie de rayos luminosos, lanzando un torrente de colores finos como cuchillos, abriéndose en abanico, bajando, acariciando las nubes y aplastando los montes. Un zumbido eléctrico llegó desde la ardiente jungla incandescente: LATE inyectaba fotones coherentes, un flujo pulsátil como el Corazón del Cielo. Así, una tras otra, se sucedieron las contracciones del nuevo sol, y bajo el suelo de los altísimos muros ígneos, las llamas titubearon como luces fatuas.

Lo teníamos siempre encima, a veces compitiendo con la Luna, otras con el Sol. Era una luz desmesurada, arrobadora: LATE trocaba las noches claras en falsos días con suave resplandor color lavanda. Extintas las flamas, los rescoldos y sus chispas luego se enfriaron.

Semanas de calma prosiguieron. Las miles de columnas de humo —elevadas desde las montañas asoladas— fueron desvaneciéndose, permitiendo dar inicio a la reforestación. Brigadas de autómatas metálicos plantaron árboles, pastos y arbustos transgénicos de rápido crecimiento, y pronto la Tierra sería de nuevo un verde paraíso: LATE, orbitando en el vacío, había terminado su tarea.

Pero en medio de las tareas de reconstrucción, mientras dirigía las operaciones de mi equipo en el Amazonas, miré perplejo como a lo lejos un incendio forestal recién apagado volvía misteriosamente a reiniciarse, esta vez intensificado. Eso era imposible, o por lo menos así se suponía: LATE actuaba a niveles cuánticos de la materia, impidiendo volviera el fuego descontrolado. Los rayos láser de LATE intervenían los orbitales electrónicos, frenando cualquier tipo de combustión química no deseada. Horas después, los físicos de

Gahacia justificaron el evento, televisando el boletín oficial: «Se han reavivado las quemas en pocos sitios aislados, ocurriendo únicamente en regiones remotas en donde los rayos matafuegos de LATE no pudieron llegar plenamente. No hay nada de qué preocuparse… quizás alguna densa nube, vientos raudos, posiblemente alguna madera muy seca, han sido las causas de esos fuegos no completamente apagados». Miré de frente el holomonitor y luego de reojo a mis compañeros, cruzando la mirada con un joven de cara triste y seria. Lo que más me llamó la atención, fue el parecer ver como desaparecía en él un pequeño brillo de esperanza en sus pupilas. Era la luz de esperanza que LATE infundió en todos: durante veinte días tuvimos fe en poder rehacer el mundo, pero el fuego decidió no querer irse. También tuve miedo, miedo de acabar dentro del fuego con mi pasado, mis amigos, mis sueños y alegrías, mi orgullo y mi patriotismo. Decidí quedarme sólo con el brillo de esperanza que aún tenía guardado, apresando la ilusión de un posible porvenir, porque en mí —amenazantes— se repetían las palabras no expresadas por el muchacho: «…Dependemos de una tecnología aún sin probar, y si falla, todo se irá al demonio».

Infortunio. El joven triste de la luz perdida, tenía razón en su mirada: reportes de flamas reavivadas, llegaron por doquier. Pronto el aire comenzó a oler ligeramente a huevo podrido.

«Existe una equivalencia entre la materia y la energía», afirmó alguien hace tiempo. De ahí surge mi intento de explicar lo sucedido después: la inmensa cascada fotónica arrojada a la delicada faz del planeta, únicamente potenció —a posteriori— el fuego latente. En estos decadentes tiempos, nadie puede recordar el verdadero significado de la palabra láser: amplificación de la luz por emisión estimulada de radiación. En efecto, los científicos aplacaron los incendios por

un tiempo, manipulando los niveles elementales de las moléculas, pero quizás sólo nutrimos la potencia fundamental: los
electrones confinados a un estado anómalo, saltaron por los
aires. Luego llegó la total hecatombe.

Quizás fue glorioso, nadie lo sabe, pero la Tierra ardió,
simultánea la conflagración. Aquello fue el Holocausto míti-
co. Pocos huimos al subsuelo, mientras afuera, huracanes de
lumbre y centellas acabaron con la Creación: todo fue combustión subnuclear.

En mi oscura grieta, hoy las sombras son las sombras y
allá afuera, en lo externo, lo opuesto de la noche es un misterio.
Muertazul: esa es la bóveda sobre el mundo. Ya no hay vida:
entera fue devorada por el monstruo de fauces llameantes.

Sólo queda el zumbido resonando redondo en la caverna, cubriendo lo innegable. Únicamente se escuchan reverbe-
raciones de metal eléctrico y nubes candentes. En mi mano
aprieto, arrugada, una carta del Tarot con figuras arcanas y
en su papel sucio lograría ver —si hubiera un poco de luz—,
una torre fulminada por el rayo y pequeñas personas cayen-
do al vacío, a su muerte.

Hoy, enloquezco por la ausencia de la hierba verde.

Cronoservicios del Guadiana, s.a.

«*El destino se abre sus rutas.*»
Virgilio

Sí, aconsejo plenamente el viaje en el tiempo a quien desee cambiar las cosas, con tal de mejorar su presente —y obviamente— también su futuro. Sé bien de lo que hablo: soy el creador del cronodesplazador.

¿Qué beneficios obtendrás de mis servicios? Te lo diré: puedes cambiar un acontecimiento en el pasado y conseguir un futuro completamente nuevo. Sencillamente te ofrezco resolver esa miríada de problemas resultantes por no tener el tiempo suficiente. ¿Llegarás tarde a una cita? ¿Olvidaste enviar un paquete? ¡Te lo soluciono! Satisfacción garantizada. El continuum del espacio-temporal es una trama expertamente manejada por mí.

Y he aquí una pequeña historia para ilustrarte: en una ocasión llegó un sujeto a mi negocio, muy apresurado y sudando profusamente.

— ¡Por favor! ¡Ayúdeme! Acabo de llegar de la Villa de Nombre de Dios, y sin darme cuenta se me ha hecho tarde.

He de tomar el vuelo a México de las 5 PM, y mire, ¡ya son las cuatro y media! ¡No llegaré a tiempo al aeropuerto! — dijo el hombre, enjugándose la frente mientras vociferaba a mi secretaria. Al escuchar los gritos salí de mi privado, acostumbrado a este tipo de escándalos.

— Caballero, buenos días. ¿En qué podemos ayudarle? — dije con un ademán gentil. El tipo cargaba una pequeña maleta. Eso me sugirió, quizás, que realizaría un breve viaje de negocios. De alguna parte su rostro me era conocido; posiblemente era alguna clase de celebridad. El hombre cubría su cabeza con un elegante bombín.

— ¿Dígame, en verdad puede hacer que tome mi avión a tiempo? — preguntó desesperado. Tal y como aseveraba mi propaganda comercial, en efecto lo podía hacer. En la habitación al fondo del local tenía el cronodesplazador, listo para cualquier retorno en el tiempo: años de arduo trabajo y experimentos fallidos, me habían servido para construir ese aparato. Al final no supe cómo logré hacerlo funcionar, pero sin embargo el armatoste se desempeñaba magníficamente. Otros trataron de fabricar uno igual, pero nadie lo ha logrado aún: mientras no sea legislado el viaje en el tiempo, no estoy obligado a patentar mi invención. Con mi trabajo he dispuesto del poder de viajar por el tiempo, yendo hacia atrás y efectuando un par de pequeños cambios en el pasado. Así la vida podría tomar un rumbo más feliz. Son este tipo de alteraciones las que realizo: un poco aquí y otro allá; o más bien, una modificación en ese o en aquel entonces, transformando los eventos de un "fue" a un "pudo haber sido".

— Hoy por la mañana me encontré en la Plaza de Armas con unos profesores — explicaba el cliente — y charlé con ellos durante largo rato; me dejé ir tanto por la plática, que luego perdí la noción de la hora. Cuando me di cuenta, ya era muy tarde para asistir a una cita con unos queridos amigos. Ellos me habían invitado a comer lasaña en su casa. ¿Sabe? Soy poeta y voy a México para dar una lectura de mi obra —esto último me hizo recordar de dónde me resultaba familiar. En alguna ocasión acudí a la presentación de uno de sus libros, muy bueno, por cierto. Escuchaba al poeta mientras mi asistente y yo lo escaneábamos con unos sensores. Él no dejaba de hablar y manotear, haciendo más lento el proceso. Pero eso no importaba, teníamos el manejo del tiempo de nuestro lado: podríamos entretenernos incluso toda la Eternidad. Ya de noche, terminamos con los preparativos.

— Listo. Tenemos cargados en el sistema sus patrones cuánticos —exclamé—. Como usted no pesa mucho, esto se traduce en menos qBits de información, y el computador los procesará en unos cuantos petaFLOPs. —le decía al cliente mientras terminábamos mi ayudante y yo de prepararlo para el cronoviaje—¿Cómo vas con eso? ¿Si? Correcto, los crono-nanites se han adherido a su ADN. Excelente. Todo dispuesto para atravesar el espacio N-dimensional de Hilbert. Caballero, usted está a punto de transitar en el tiempo polinómico —le expliqué mientras mi asistente terminaba de inyectarle radioisótopos—. Esto que le hemos aplicado, lo estabilizará al moverse atrás en el tiempo; todos nosotros viajamos en el tiempo, pero siempre en la misma dirección y a velocidades prácticamente idénticas, pero retroceder es algo de cuidado para la salud.

Luego de un rato terminé de ajustar las coordenadas espacio-temporales para la reinserción del cliente. Lo enviaría al pasado justamente 9 horas atrás, con eso contaría con tiempo de sobra para abordar un taxi, trasladarse al aeropuerto, documentarse y esperar tranquilamente en la sala de abordaje.

— Magnífico. Ahora repítanme por favor cómo sucederán las cosas. —preguntó el poeta, a punto de su cronodesplazamiento— ¿Apareceré afuera de este local a la 1:10 PM, y podré irme a hacer mi voluntad? Así tendría tiempo para ir con mis amigos a comer esa lasaña. Si se me volviera a hacer tarde, regresaría con ustedes y les pediría me manden de nuevo al pasado. ¿Es correcto?

— Casi todo, pero lo último no —corregí—. Efectivamente aparecerá a la hora indicada, pero forzosamente deberá de tomar un taxi. Usted no puede cambiar la Historia General del Universo. Mire, hace rato recibí la confirmación de que usted señor, abordó a tiempo su avión y llegó con bien a la Cd. de México. Comprenda: todo sucederá en términos generales de acuerdo a lo que debió de suceder, y no de una manera diferente; es decir, usted estaba predestinado a utilizar nuestros servicios para recuperar su tiempo perdido, y por lo tanto, forzosamente subirá a ese avión. Así, aun cuando intente en el pasado hacer algo diferente y por lo tanto llegar otra vez tarde al aeropuerto, la Realidad lo obligará a hacerlo y usted tomará su vuelo a las 5 PM de este día.

— Pero si me esfuerzo, si me quedo sentado allá todo la tarde, ¿qué pasará? —insistía el poeta. Estos cuestionamientos me eran hechos muy frecuentemente. La idea de viajar en el tiempo otorga a las personas una extraña sensación de poder cuasi divino, pero sólo es una ilusión. Él debía abordar su aerotransporte, y así sería, pues eso ya había ocurrido. De un modo u otro, el Universo lo obligaría y yo soy una de sus herramientas.

— No podrá evitar tomar su vuelo —indiqué con énfasis. Era muy importante que el hombre comprendiera eso—: Alguien se ofrecerá a llevarlo y por cortesía no podrá negarse; o tal vez lo podría raptar una banda de delincuentes y liberarlo casualmente en su asiento; o como último recurso del Cosmos, se manifestaría una variante cuántica del efecto túnel, en donde usted desaparecería y se materializaría dentro de la aeronave. No me pregunte cómo ocurre eso, yo no impuse las reglas. Ahora escuche: antes de activar el crono-desplazador y regresarlo, quisiera pedirle se haga otro favor una vez llegue a su cronodestino.

— Sí, claro. Usted diga —dijo el hombre mientras su contorno comenzaba a desdibujarse bajo el haz de cronotrones. En pocos segundos, según mi marco de referencia temporal, él desaparecería para ser lanzado hacia unas horas atrás en el tiempo.

— Llame por teléfono a sus amigos y pídales me traigan esa lasaña. Yo me encargaré de ella.

— ¿Cómo? ¿Qué le hará? —preguntó. Su voz se volvía un agudo suspiro, pues su función de onda comenzaba a desfasarse.

— Tenemos un nuevo servicio —el tipo casi se iba y apenas alcanzaría a escuchar mi última frase, pero insistí—. Podemos mandar hacia el futuro cualquier objeto inanimado. Podríamos enviar la lasaña directo a una fecha futura, en la cual usted sí pueda reunirse con sus amistades. Si hacemos eso, la lasaña desaparecerá de este día y reaparecerá recién hecha más adelante.

Aproveche mi oferta ¡Nunca desperdicie un festín así!

Puente de Einstein-Rosen-Podolsky

*«Se dice que muchas vidas están ligadas a través del tiempo,
conectadas por un llamado ancestral que hace eco a través de los años...
y algunos lo llaman destino.»*
Vídeo juego Príncipe de Persia

I. Emisario

Cada veinte katunes uno de nosotros debe pasar al otro lado. Es un compromiso con la raza de los *hombres*. Debo ir, los ancianos me lo ordenan. Es un deber sagrado.

No quiero ir, aun así dos de ellos vinieron, envueltos con túnicas brillantes y dicen "esta noche tú vas".

Primero contesté «no, mejor que lo haga otro». Luego dije «por favor déjenme quedar». Iba a decir muchas cosas más, explicar mis razones, pero el más anciano da un paso adelante y se pone a mirarme en esa forma irresistible, clavándome los ojos y yo siento como van entrando cada vez más hondo en mi cabeza, hasta estar a punto de gritar. Doy vuelta y contesto «sí, bien, ustedes ordenan». El otro no dice nada y rehúsa mirarme. Se queda un poco atrás, con las manos juntas, y yo le veo la piel gris y los grandes ojos negros, oblicuos. Entonces se van sin decir nada más y yo comienzo a prepararme, con este único consuelo: quizás logre volver desde el otro lado.

Ir allá uno de nosotros: ese ha sido siempre un pacto entre nuestras especies, o eso suponen muchos sabios exegetas

Tengo dudas, miedo. Los hombres han cambiado, son criminales, empecinados en alimentarse de muerte. Una pólvora aceitosa infecta sus lugares. ¿Y si prematuramente soy lanzado al silencio?

Hago las abluciones marcadas por *La Ley*: tres lavados de cuerpo completo, con agua del río Berlot`th. Si voy y no regreso, ya no veré más mi hermoso pueblo, InDu'rh, ni serviré al gran maestro I'Staq, el gran sofista iluminador de todas las comarcas. Si desaparezco —triturado por las terribles manos con cinco dedos de aquel mundo—, no conoceré el color del cometa Hool` en su próximo retorno. Perdidos de mis ojos estarán ambos soles, el rojo Gamlii y el azul Vooz`th, erradicados de mi cielo. Si no vuelvo, ¿qué con las hojas marchitas volando entre los árboles desnudos, sin ninguno de ellos pudiendo detenerlas?

Temo ir al otro mundo, situado al lado del Portal: allá la raza de los hombres. Antes éramos hermanos —o eso es asegurado por algunos—, y se dice además, que recorríamos gloriosamente todo lo Creado, saltando entre mundos, de estrella en estrella. Fuimos poderosos y arrogantes. Aliados en búsqueda común: el Conocimiento Absoluto.

Ayer soñé una gran nube, y sin tregua ha llovido sobre mí, mojándome los pensamientos hasta la piel.

Estoy listo. Me coloco sobre los hombros el manto de tela pelambrosa, ciñendo tribulaciones. Solitario en mi morada, miro en la pared una sombra: la punta de un árbol en los jardines, es movida por la luna a través de la cortina levantada.

Lóbrega silueta, viajera de curvas superficies. Hoy, ancianos sacerdotes lanzarán mi cuerpo entre brumas dimensionales, doblando mi topología. Distingo la oscura marca en mi aposento, sombra arbórea deslizándose por el hueco del velo descorrido. Ese soy yo, proyectado en el tiempo y el espacio. Navegaré los flujos cuánticos entre factores probabilísticos, y quizá llegue a perderme: eso será pronto lo mío. La turbación me sujeta, impidiéndome recordar algún murmullo en el viento, aun cuando pongo las manos en la cabeza.

Estoy ante el gran Anillo Sagrado de naquadáh. El duro metal del aro destella. Es el círculo rotacional aperturador del Portal Enlazador de Mundos. En su centro la niebla se conforma tal pasaje entre regiones remotas del Universo. Inhalo, serenándome y entro, para ser llevado a un distinto sitio, al planeta de los hombres. En el otro extremo del pasadizo es de noche y tres jóvenes parecen jugar con una esfera flexible, la cual rebota en el duro piso y rueda hacia mí. Los observo, oculto detrás de una columna, y desde ahí noto sus moradas, pequeñas y dispersas en orden alrededor; tras de mí hay un muro bajo de bloques apilados. La columna que me oculta, sostiene un tendido de cables yendo y viniendo entre otras columnas a la distancia. Hablan y juegan estos hombres, son casi niños. Uno camina directo a mí y no me percibe, está a mi alcance, lo tomo por el brazo y con firmeza lo sujeto, preguntándole «¿dónde están los sacerdotes de Chén Hó, la ciudad de los Cuatro Pozos...? ¿Eres tú quien esperaba mi llegada...?». El niño grita, me mira horrorizado por ser diferente a él y dice cosas incomprensibles, huyendo con los otros. Uno de ellos manipula un aparato, apuntándolo hacia mí: ignoro porqué.

Se van y otra vez quedo solo.

Todo ha quedado claro: regresaré a mi hogar; aquí ya no nos esperan, han olvidado el antiguo pacto. Los obsequios de sabiduría y bienestar, ya no hay a quien entregarlos; pero gracias a los dioses, retorno a salvo.

II. Encuentro cercano del 4° Tipo

— Súbele a la tele, quiero oír esa noticia —dijo un hombre a su hijo. El comentarista mostraba un extraño video grabado con un celular.

— "...y como se puede observar en el video, claramente estaba detrás del poste un ser con apariencia de extraterrestre, el cual sujetó al joven David Espadas durante la madrugada del pasado día veinte, sucediendo esto en una de las colonias de la ciudad de Mérida. Las indagaciones las ha comenzado a realizar un científico de la localidad, el Dr. Guer..."

— Hay no, ya van a hablar de esas cosas. Mejor cámbiale, ya va a empezar el fútbol —ordenó tajante el obnubilado habitante de la Tierra.

Devorando a Cronos

Salgo de prisa, casi corriendo y dejo detrás algunas cosas, no sé cuáles. Tengo esa incómoda sensación originada por el descuido: *algo estoy olvidando*. Llego a la parada y espero. Nada, ni un autobús. Lunes, terrible lunes. Ensombrecida jornada de inicios y confusiones. No poco indeseables serán las horas transcurridas, no poco tristes e inservibles. Poco le importó en la madrugada al televisor mi sentimiento de oscura soledad, es más, diría le daba igual, sólo está ahí, en cierta forma para hacer ruido y darme la falsa impresión de compañía: ésa es la vocación del maldito aparato. «Mejor me voy en taxi», pienso. Tengo el tiempo contado. Llego tropezándome al parque de esta vieja y fea ciudad, ahora ruinosa. Arrastro un extraño estremecimiento, justo aquel de no ser yo con un nombre propio deletreado en los estanques por el amanecer. Es la trampa de la semana recién nacida, es la sutil argucia para asustarme con el rostro del silencio matinal. Ahí voy, en feroz persecución por llegar justo, pretendiendo alcanzar algo y no ser rebasado por el fracaso. Varios de mis compañeros cuentan conmigo, pues a mí me tocó llegar primero este día. El sorteo que hicimos me apuntó con su índice, casi huesudo y declaró «Él tendrá esa tarea, cinco días sin excusa... durante ese tiempo resguardará a los demás con su sacrificio». ¿Pero a estas alturas, en verdad qué soy? ¿Ése sin realidad concreta, únicamente obligado a tener por siempre dos pies y andar sin rumbo, tener dos manos y tocar las piedras? Sólo soy un ser ingenuo y simple, corriente como guijarro, destinado mi cuerpo a romperse en esquirlas negras, arrojado sobre una tumba de granito.

De pronto, por la ventanilla abierta del taxi, entra un flujo sibilante de aire, un hilo apenas, un breve soplo del recuerdo. Contengo el aliento, repaso mis actos. «Todo bien», me digo, no olvidé nada. «Aquí traigo lo más importante».

— Ahí en la esquina déjeme. ¿Cuánto es?

— Mm..., cincuenta pesos —me cobra el tipo.

— ¿Cincuenta? —maldita rata. Le entrego el billete. Desgraciada ciudad. Ruin y arruinada.

Zancadas y vistazos al reloj: ya casi es la hora, todo debe ser preciso. Ni un minuto más. Entro, parándome ante el aparato. Maldito artilugio de manipulación y control. Yugo electrónico. «Te enfrentaré así todos estos días, hasta el viernes», pienso. El artificio me observa con el cristal de su ojo rubí, implacable. Meto la mano en mi bolsillo y acaricio confiado el aro metálico con los nueve cilindroides de goma. Unos son largos y otros no tanto. «Haremos copias en caucho, con eso burlaremos a la máquina; pero alguien deberá de cubrir al resto de nosotros cada semana. Sorteémoslo... bien, te corresponde a ti»: así lo dictó en esta ocasión la suerte. Lenta, la brasa de mi ansia roza apenas en un alarde ciego y anacrónico el preciado aro. Levanto la mano, acercando al ojo el primero de los cilindros falangoides de látex, colocando su extremo en el rojo del cristal. Escaneando. Un láser registra el extremo del cilindroide. *Aceptado. ¡Bienvenido!*, dice una voz sintética. Repito el mismo proceso siete veces, posando por un instante cada cilindroide ante el escrutinio del fotón. Al final omito uno de los cilindros falangoide y pongo mi dedo índice sobre el escaner: el mío es el único cilindroide de carne y hueso. De nuevo la voz. Mismo mensaje. Cada uno de los cilindroides de látex, son la llave diaria de la puerta en la nómina.

Guardo de nuevo, con sumo cuidado, el aro con las réplicas en látex de nuestros dedos índices, copias exactas de las falanges con las que "checan" los compañeros del trabajo. El dispositivo digital ha registrado exitosamente la "llegada puntual" de todos en la oficina.

El pasado viernes llegaron los de recursos humanos, y nos pusieron este aparato infernal, diciéndonos: «Desde el lunes deben de comprobar su llegada en este reloj checador láser, que registrará las huellas de cada uno de ustedes». Pero pronto resolvimos el problema. En verdad, *nadie quiere madrugar*. Al rato llegarán los demás, cada quien en calma y a la hora que desee, pero con su entrada marcada a las 8.

Desde hoy, todos llegamos temprano.

Blues for a red planet

«El tiempo es una imagen móvil de la eternidad.»
Platón

De pronto, ante el aparato apareció una empinada pendiente, arrojándolo hacia un amplio valle. Muy lejos, en la Tierra, grandes pantallas mostraban el avance del vehículo explorador de la superficie marciana. La sonda *Spirit* resbalaba entre los guijarros de una larga ladera. Era de noche y las cámaras de reconocimiento recogían información, incansables. Las ruedas de la sonda giraron sin encontrar agarre. Tumbos y rebotes en baja gravedad. Simultáneamente Fobos, la veloz luna retrógrada, ascendió por el poniente. Los técnicos de la NASA sólo podían esperar que el robot, finalmente, no terminara dentro de una zanja volteado y roto.

Cuando amaneció, los humanos comprendieron haber salvado la dura prueba: el aparato seguía intacto, funcionando y la mañana se había llevado los temores de la caída. Un preciso auto-diagnóstico, indicó que prevalecía un estado óptimo en todos los servo-sistemas electrónicos del aparato, que yacía dentro del lecho seco de un arroyo que se había evaporado millones de años atrás.

En la Tierra, un sujeto alto e inexpresivo, dominaba la sala de control en California, ordenando a ingenieros, técnicos y asistentes: «Confirmen operatividad de la sonda», era la frase que repetía. Una mujer, recalibrando los escáneres de largo alcance dijo: «Todo parece estar bien».

Spirit retomó su camino, subiendo a una meseta, enviando hacia el mundo-origen, imágenes digitalizadas del páramo alienígena.

La sonda robot despertaba en sus creadores la primordial sensación de belleza, de hermosura espiritualmente percibida, gozada por el entendimiento de lo extraordinario; belleza cuya conciencia, en tales lejanías, se transformaba en orgullo de los hombres. Mil veces sesenta mil era la distancia en kilómetros entre *Spirit* y sus terráqueos constructores.

En el astro verde-azul de agua y gente, la fecha era noviembre de 2007.

Pero tan sólo si hubieran estado más atentos, más curiosos.

Marte, ahogado y reseco, es naturaleza apagada de fósiles ocultos. Cráteres abiertos entre cerros ocres. La sonda, artilugio de los vivos, buscaba, infatigable, señales de la posible presencia de agua en el pasado remoto, y de cómo pudo influir sobre el ambiente del planeta rojo. La cámara principal registró una imagen panorámica, la procesó y envió a los ansiosos científicos. Luego, un grupo de analistas la revisarían con detalle, sin encontrar algo inusual. Cuando la imagen pasó al dominio público, unos astrónomos aficionados la inspeccionaron cuidadosamente, ávidos. Uno de ellos, inesperadamente, levantó una exclamación con voz aguda: «¡Aquí hay algo raro, véanla!». Alguien más le hizo coro, diciendo: «En efecto, ahí hay algo fuera de lugar».

En la imagen aparecía una extraña figura, semejante a una persona. En los yermos terrenos inhóspitos de Marte, una forma muy parecida a la sirena colocada sobre una roca a la entrada del puerto de Copenhague, parecía encantar a todos los navegantes del ciberespacio.

Todos decían: «parece una mujer sentada en una roca, levantando su brazo derecho».

«¡Es un marciano, un marciano!», afirmaban los necesitados de un milagro extraterrestre.

Durante semanas la expectativa mundial inundó los corazones. «¡La foto de un ser de otro mundo!»

«¡Existen hermanos nuestros en el cosmos!»

«¡No estamos solos!»

Algunos vieron esto con buen humor, conmovidos por la ingenuidad de las personas. «No, no hay tal marciano, entiendan, sólo es un caprichoso objeto creado por la erosión del viento, es una simple ilusión óptica, nada más», alegaron los sabios, acallando la inquietud de los demás.

Pero tan sólo si hubieran estado más atentos, más curiosos.

Spirit continuó, aportando valiosos datos científicos, alejándose poco a poco de la meseta, dejando atrás la misteriosa roca.

La arcaica escultura con forma de sirena quedó abandonada, volviendo a ser cubierta por las dunas errantes, enterrada para siempre. Era la antigua representación, en durísima roca cincelada, del cuerpo de una antigua habitante del planeta. Hace mucho tiempo floreció una grandiosa civilización en el cuarto mundo del sol. En ese tiempo casi todo estuvo cubierto por las aguas, otorgando vida y prosperidad a una refinada raza de seres acuáticos. Grandes edificaciones, de finísima construcción, se erigieron sobre el fondo marino.

Hoy, sedimentados por centenas los milenios, quedan sepultadas algunas columnas con profusa decoración al lado de muros con vanos. Por debajo de la superficie, entre piedras y arcilla, arruinadas molduras alguna vez enmarcaron arcadas cuya ornamentación fue un revestimiento de losetas multicolores. Los restos de un arco exterior de botarel, yacen aplastados por el peso de una enorme bóveda que coronó el majestuoso templo de Sh´lejjh, ahí donde fue centro de toda sabiduría y conocimiento de la primera raza inteligente del Sistema Solar: seres magníficos con apariencia de sirenas y tritones. Un pueblo sublime, pero condenado a desaparecer de la historia cósmica. Hace eones, Marte perdió su agua y atmósfera, pereciendo todo ser.

El mundo de los Ma'adim, transformado en una roja esfera, desolada y fría. De ellos sólo queda agua seca callada en la memoria.

Aquella escultura, con forma de sirena, era el único resto arqueológico aún visible del maravilloso pasado. Esa roca tallada era el remate de la bóveda de Sh´lejjh, y el azar había revelado —brevemente— las estructuras de una arquitectura ajena a los hombres, astillada por eras de geología olvidada. Marte se hunde en la noche del olvido, cubriendo a sus hijos bajo arenas oxidadas. Sus huesos quedan como huellas tristes y los ojos de otros mundos nunca las leerán. La desvanecida nación del agua permanecerá desconocida eternamente para la humanidad.

Pero si tan sólo hubieran estado los terrestres más atentos, más curiosos.

Germinador de Weborgs

«Diez Sephiroth de la nada. Uno es el Aliento de Elhoim vivo, Bendito y glorificado sea el nombre de Aquél que vivifica los mundos. La voz del aliento y la palabra, Y éste es el Aliento Santo. El tiempo es una imagen».
Sepher Yetzirah, 1-9

«Hoy comienza la festividad de *Lag Ba´Ómer*. Quizás no lo sepas, pero él es el autor del texto kabbalístico más importante en el mundo: *el Zóhar*», me decía el anciano. Una sutileza áurea brillaba en torno del sabio rabino. El casco con electrodos era un elemento extraño sobre su cabeza. El auspicio otorgado por la Universidad a mi investigación, estaba próximo a terminar y aún no concluía mis estudios. Quizás, si solicitara una prórroga, me permitirían continuar por un tiempo.

«Doctor, está todo listo. El protocolo de escaneo neural espera su orden», fue la indicación dada por Francisco, mi fiel asistente. Una batería de sensores conectados al computador cuántico JCN-9000, ansiaban registrar la actividad electroquímica de aquel cerebro místico. Yo intentaba determinar si el poder de la oración espiritual, era capaz de engendrar fenómenos psíquicos mensurables. Según se aseveraba entre la comunidad judía de la ciudad, el rabino Michael Bernstein era capaz de realizar milagros: mágicas sanaciones, control del clima, levitación, cosas de esas habían sido vivenciadas directamente por diversas personas. Un título de Doctor en Parapsicología, colgado en la pared de mi oficina, me calificaba competente para este trabajo de indagación, pero en virtud a los meses de fracaso, no me sentía apto para este proyecto: quizás el planteamiento teórico o el método de obtención de datos, o no sé qué, había estado mal posiblemente desde el principio.

«Recitaré un fragmento del Zohar», me dijo con calma el anciano, «es sólo un pasaje en hebreo con el fin de ayudarte hijo, a conectar con la Luz de curación. En este mes, especialmente, se encuentra más oculta tal Fuerza y es necesario hacer un esfuerzo extra para llegar a ella. Ahora escúchame: la Torah te será revelada cara a cara, y te dirá los secretos escondidos en tu corazón desde los días antiguos», concluyó el hombre, de manera misteriosa.

Fue en ese instante cuando activé los controles de mi equipo. Desde la consola maestra inicié la obtención de datos. Flujos de Terabits corrían en las fibras ópticas, procesados por válvulas quantum de cambio de spin, a velocidad hiperlumínica. Hubo un silencio ritual, preparador del ensalmo, llevando expectación, esperando a su colmo. Y el salón de mi laboratorio, de pronto, se llenó con ondulaciones aéreas: surgió la Palabra.

El rabino Bernstein entonó el arcano cántico:

legabéi itgueliat legabá raguil deihú levatar...
stimín razín col bahadéi umelilat beanpín anpín...
belibá dahavó stimín arjín vejol dilá...
kadmaín miyomin temirin.

63

«Esta oración despierta nuestra comprensión del funcionamiento del sistema espiritual. Nos otorga el poder de desear y buscar revelaciones, y de obtener provecho de ellas cuando ocurren», decía con dulcísima voz el santificado hombre.

En ese momento fui consciente de algo, dejándome deslumbrado por la revelación. La Gracia convocada por el rabino había trasvasado mi esencia dentro de una corporeidad ajena —en principio— a mí. Ya no habitaba más el cuerpo con el cual nací. Ahora mi vehículo de expresión era JCN-9000, el computador cuántico. Con la capacidad de uno de los ordenadores más fabulosos jamás construidos, logré ver el mundo sin niebla, sin esa horrible ofuscación de los sentidos. Sentía como tal bruma era barrida por un viento atemporal. Un milagro me estaba sucediendo. Durante un suspiro de ángel pude comprenderlo todo. Mi mente se expandía hasta el absoluto.

Y 3N 3ST3, 3L 0CT4V0 D14, D10S CR30 4 L4 M4QU1N4 4 SU 1M4G3N Y S3M3J4NZ4.

Tercera parte

Psicofonías de navíos

Sucesión

El etólogo Manuel Soler Cruz perdió años en la Universidad de Granada, tratando de comprender la aparente capacidad de predicción de los pulpos. El proyecto especial, auspiciado por el Ministerio de Educación y Ciencia de España, no arrojó resultados favorables. Si la especie *Octopus Vulgaris*, era capaz de vaticinar el porvenir, los humanos tendríamos conocimiento absoluto del futuro.

Pero los cefalópodos octópodos de la familia *Octopodidae*, no cooperaban. Manuel Soler Cruz les planteó toda serie de retos mentales. Los obligó a encontrar la salida de intrincados laberintos, los hizo abrir complejos frascos y recipientes, pero después de tanto entrenamiento y experimentación, sus *Octopus* confirmaron ser únicamente los invertebrados más inteligentes del mundo. Pero nada, no se reprodujeron las facultades de augurio del afamado pulpo alemán. Eran brillantes y sabían cómo obtener sus premios: mejillones fueron comidos sin aportar indicios de ningún poder psíquico. El fracaso rotundo de tan extraño intento, derivó en la cancelación irreversible del proyecto. Pero hubo un error, quizás una omisión. A nadie se le ocurrió la idea de introducir en las peceras un sencillo micrófono subacuático. Los cefalópodos, de tanto escuchar a los humanos, habían aprendido nuestro lenguaje, y su hablar, producto de la expulsión del agua de su sifón, era con palabras infrasónicas.

Mirando fijamente a los científicos, los pulpos repetían una profecía: *Cuando el hielo se derrita, y las aguas cubran sus ciudades, nuestra especie heredará el mundo.*

Viajero de espejos

*«Hombres, toda nuestra vida es un fraude
atroz que ustedes mismos traman en perjuicio
suyo, y sólo los demonios pueden reír fríamente
de la carrera de ustedes hacia el espejo que huye».*
Giovanni Papini

Un exorcismo busco ahora. Ha surgido, silencioso, el rígido helor del miedo, ocupando mi centro. Callo mientras aquí reposa el antiguo absurdo y la piel de la razón se desprende gelatinosa, pues no queda nada.

Hace tres viejos años comenzó el *desplazamiento*.

Antes, nuestro mundo estaba cargado de gentes, superpoblado, y las zonas vitales estaban agotadas, con ínfimos sitios habitables. Los vientres en sucesión continua dieron hijos y la humanidad cubrió las tierras. En esos días, todo mapa era suburbio de la Ciudad Única. Arriba, abajo, en todo horizonte, la mole de casas y cosas urbanas aplastaba continentes. Los hongos y virus nunca fueron tan fecundos como nosotros, pues la población global rogaba por más lugar y nos preguntábamos ¿Colonizar otros astros, construir sobre asteroides, mudarnos a ciudades en órbita? Eso era imposible: una nube de materia exótica rodeaba el planeta, colapsando toda nave apenas subíamos al espacio. ¿Ir bajo el suelo o dentro del océano? Impensable: temblores submarinos destruyeron cada hábitat acuático, y terribles ondas de choque comprimieron naciones intraterrenas completas. Fuimos incapaces de hacer más, y la Tierra nos retuvo en la superficie, atrapándonos entre torres y torres, puentes y torres, superpistas y más torres: ahí vivíamos, hacinados, cada quien en su celda colmenar.

Hace tres viejos años, Abraminör'Bén, el tecnomago, afirmó encontrar la solución: «Ocuparemos el mundo vecino, el que existe al otro lado de los espejos».

Abraminör'Bén era el más poderoso, justo y anciano de su Orden: la Cofradía de Tecnomagos poseía sabiduría arcana con cinco milenios de profundidad.

Entonces, la mitad de todos nosotros recibimos un mandato oficial, indicando tomáramos cualquier espejo a nuestro alcance, mirándolo fijamente. Apretujado en mi pequeño habitáculo, encontré mis ojos reflejados y al momento el espejo quedó abierto: un hechizo logarítmico fractal trocó el azogue en puerta a un distinto reino. El plano paralelo me succionó con el ritmo sucesivo de un mantram universal. Me desplacé. Abraminör'Bén, desde el templo del Uxcalkor, desentrelazó las venas de la luz, los ejes de simetría, sujetando espejismos inagotables. Al otro lado del espejo encontramos un orbe ideal para vivir y todo allí era igual a nuestro mundo, sin diestras invertidas: había cruzado, transformándome en mi propio reflejo, adonde la medianía de aquella, la totalidad original de mis semejantes, estábamos aquí, con el doble de recursos a nuestra disposición. Los espejos retornaban nuestra imagen y eran duros, como siempre; pero esta extensa comarca de mágica creación, ya estaba ocupada: era el imperio de silencios oscuros.

Aquí los espejos se aparearon, concibiendo algo donde la humanidad no tenía cabida. ¿Eran acaso espectros consagrados a la luna, atrapados como nosotros? Presentía de los hombres-sombra, sus siluetas por las calles que no terminaban nunca. Era difícil ver el mundo entre sus palabras incomprensibles. No podía ignorar este salón infinito. Ellos, los seres-cosa, brumosos, planos como hoja, me han perseguido y quieren hacerme suyo. Me oculto, ya no hay nadie. Soy el último —supongo— en todos los pasillos.

Y mis manos, antes grandes y fijas en las muñecas, parecen dotadas de una voluntad independiente, de una autonomía la cual temo maléfica. Pongo todo mi empeño en domarlas, controlarlas todo el tiempo, pero este desesperado esfuerzo de concentración es inútil. Me sobrevino hoy un fugaz sueño de la conciencia y lo descubro: mis manos ya no son mías.

Ellos juegan conmigo a los fantasmas, como si el mundo en verdad existiera.

Gigante roja

Ya lo recuerdo, fue en ese mar de hueso y arena. En el pasado más alejado, la vida pululó desde el nacimiento de este mundo. Los continentes —durante eones— viajaron lentamente como islotes de corcho, flotando libres sobre un inmenso océano de magma.

La Tierra es muy vieja, y desde aquí la veo, con su Luna desmenuzada en jirones flotantes. Mucho antes de transformarse este Sol en una estrella enorme, decenas de especies evolucionaron hasta obtener la conciencia, para luego partir hacia su destino, viajando a otros mundos remotos, uniéndose con otros pueblos allá afuera. Diez mil millones de años se han sucedido en serie continua, y hoy el es último día de este planeta. Mercurio y Venus —hace milenios— fueron engullidos por la incandescente corona de la terrible estrella hinchada, semejante a una niebla llegando con un siseo de hambre.

Se extingue tu nombre, Gea, madre de los titanes que alguna vez caminaron entre galaxias. Amanece el astro rojo y de horizonte a horizonte —tal como un ojo de llamas— es inundado todo el cielo: no hay nubes, no siento aire, solo calor, inmenso calor derritiendo las rocas.

Ya no hay reminiscencia de alguna lengua en el viento estelar: duermen las antiguas palabras con los viejos rayos apagados en ellas, deshaciéndose en pedazos todos los vestigios de los hijos de la Tierra: la gigante roja ha crecido tanto, alcanzando este pequeño orbe, tomando sus restos, besándolos y los incinera, extinguiendo con su horno nuclear cualquier momento aquí ocurrido. Corren los astros hacia el fuego primigenio, detenido para esperarlos.

Sol monstruoso, tú me abrazas, como si de un suspiro fueras a tragarme en la noche de la memoria, a mí, el último observador. Las estrellas tocan el punto máximo en la órbita de mis ojos, aguardando que yo respire un poco más fuerte, y todas irrumpirán hirviendo hacia el punto inicial.

He de irme —quizás—, pero deseo aguardar y contemplar el final de este planeta: soy uno más de los seres inteligentes engendrados por este mundo, y quiero presenciar su flamígero fin. Luego, cuando esta roca se haya evaporado en el interior del Sol, me iré, marchando a donde los demás, alcanzando a mi gente que atraviesa el Cosmos transformados en luz.

Ya no habrá atardeceres ni horizonte, ni un mañana como siempre hubo, ni un rincón. Sólo estará la memoria, exacta, eterna, de que una vez aquí existió la Tierra.

Retorno

Aún reverberaba en las paredes de la mazmorra el eco de la invocación cuando, del centro del mandala, emergió furioso un demonio. Su aspecto horripilante no turbó la satisfacción del anciano brujo, feliz por haber atrapado a uno de los elusivos amos del tiempo, una tribu de demonios poderosos y temida incluso por los dioses de las dimensiones infernales.

—Harás mi voluntad —dijo el anciano, y el demonio Slaggech´h, luego de comprobar la solidez del hechizo de retención, asintió, sometido:

—Un deseo, mortal... sólo tienes derecho a un deseo.

—Es suficiente —aseguró Tante´barr, el brujo y se acercó al Amo del Tiempo—. Deseo regresar a los días de mi juventud. Quiero estar con mis padres y hermanos, muertos hace tantos años. Quiero cambiar sus destinos, truncados por las guerras de los hombres. Anhelo cuidarlos con mi conocimiento y sabiduría, obtenidos con años.

—Alterar lo sucedido está prohibido —replicó llameante el demonio.

—No me importa, estoy dispuesto a correr el riesgo.

—Muy bien —respondió Slaggech´h y murmuró el hechizo de reversión temporal, antes de desaparecer.

Poco a poco las paredes de la mazmorra se difuminaron ante los ojos del hechicero, y de pronto se encontró en medio de una pradera, iluminada por el sol.

En la distancia vio su antigua casa, y delante de ella divisó a sus padres y hermanos, tal como los recordaba del día cuando partió hacia el reino de Buricia, en busca de los dones mágicos. El mago sonrió y corrió hacia ellos.

Una hora después, los discípulos del viejo Tante´barr penetraron en la mazmorra, encontrándolo arrodillado, diciendo *mamá, papá* al vacío. Al alzarlo, descubrieron en su rostro, la expresión inconfundible de las víctimas de la demencia senil.

El plumaje de la bruma

Fragmento de la bitácora de batalla
del General Pablo Hermenegildo Galeana:

Lunes 8 de febrero, 1813
Mediodía

Mi señor General Morelos, ha ordenado preparar nuestras fuerzas para dejar la ciudad de Oaxaca. Partiremos hacia el Puerto de Acapulco, avanzando por la Costa Chica. Ese puerto es el único punto en el dilatado litoral del Pacífico, que aún se conserva en poder de las armas del rey de España.

Martes 9 de febrero, 1813
Amanecer

Mi señor General ha dejado en Oaxaca, a mil hombres bajo el mando de don Benito Rocha. Con rumbo de Acapulco, avanzamos en dos divisiones: una comandada por el Teniente General Matamoros, y la otra bajo mi autoridad.

Martes 16 de febrero, 1813
Noche

Al atardecer, arribamos a Yanhuitlán, tomando este pequeño pueblo de pescadores, entre dunas desoladas y miserables casas construidas sobre pilotes. Los realistas aquí apostados, luego de una batalla de todo el día, han sido sometidos.

Después del combate, esta noche lograré encontrar paz para mi alma; tendré quietud entre las enormes rocas y pequeñas playas solitarias, hallaré sosiego del pesado mar que golpea el paisaje.

Sábado 20 de febrero, 1813

Comienzo a preocuparme. No debimos estacionarnos en Yanhuitlán. Esto podría convertirse en un error táctico. Además, no poseemos aún suficientes recursos para tomar Acapulco.

Estoy a la espera del retorno de mis espías.

Domingo 28 de febrero, 1813

Con el viento agrio, impera el innumerable tamborilear de la lluvia en el follaje y en el techo de la tienda. Bajo la tempestad, mi General Morelos me ha hecho enviar una carta al intendente Ayala, diciéndole: "Es indispensable que tengamos cuanto antes un puerto, pues de su posesión, obtendremos inmensas ventajas. Ya estamos en predicamento firme: Oaxaca es el pie de la conquista del reino. Acapulco es una de sus puertas que debemos adquirir y cuidar...".

Presiento que esta campaña será muy difícil.

Martes 2 de marzo, 1813
Anochecer

Los exploradores de avanzada han regresado. Informan que los españoles están apertrechándose en espera de nuestra llegada. Confirmo que perdimos tiempo tomando esta plaza, pues el enemigo ha aprovechado para reunir fuerzas y combinar mejor sus planes.

Domingo 14 de marzo, 1813

Mi General Morelos ha dejado apostados en Yanhuitlán, al Teniente General Matamoros y su división, para que acudan en caso necesario a la defensa de Oaxaca. Ha ordenado a los hermanos Bravo, a don Miguel y a don Víctor, que marchasen con sus hombres a la margen izquierda del Mexcala, con la misión de observar y defender en caso necesario el paso del río.

Por ásperos y apenas transitables caminos, avanzan nuestras filas, organizadas y silentes. El viento nos devuelve el polvo de nuestros pasos.

Esta accidentada travesía, me ha valido algunas horas vacías.

Martes 16 de marzo, 1813
Mediodía

Entramos, sin ningún percance, a Palizada. El Teniente Reguera, jefe realista de esta plaza, evacuó sus fuerzas y evitó el ataque: la columna de nuestro ejército lo ha amedrentado. Mi General Morelos ha ordenado atrincherar el punto y dejar un destacamento. Se quedaron a pie muchos hombres y cansadas sesenta mulas de carga.

Mañana reanudaremos la jornada, para rendirla en Cruz Alta.

Viernes 19 de marzo, 1813

Hoy ha sido un día de regocijo: cumpleaños del señor General. Sin embargo, él no lo ha querido emplear en banquetes opíparos ni en festivos bailes, ni en larga bebida ni en placeres ruinosos. Su excelencia suspendió la marcha y se quedó en este páramo. No permitió que se le hicieran salvas, ni recibió otro obsequio que el afecto sincero de cuantos tenemos la honra de servir bajo las órdenes de este hombre singular que los más días almuerza un pedazo de carne fría, sentado en el suelo, que come mal y casi no descansa de sus fatigas.

Jueves 25 de marzo, 1813

Las avanzadas realistas continúan sin oponer ninguna resistencia a nuestras posiciones en Palizada. Pero la incertidumbre del lugar, de la hora y del modo, que nos impide distinguir con claridad ese fin hacia el cual vamos sin tregua, disminuye para mí a medida que la campaña progresa.

Lunes 29 de marzo, 1813
Atardecer

Llegamos al campo atrincherado del Veladero, sostenido en honor de las armas de la nación, por el brigadier don Julián Ávila.

Nuestras tropas reservan todo su ardor para el campo de batalla. Todo es actividad y preparación.

Viernes 2 de abril, 1813
Mediodía

El campamento se levantó a cuarenta leguas del Puerto. Esta mañana encontré, más allá de nuestro último batallón, el mismo horizonte monótono y negro, y más alto la silueta oscura de una gran ave.

El calor comienza a arreciar.

Sábado 3 de abril, 1813
Atardecer

Vi sobrevolando sobre el campamento, a un enorme cuervo. Alguien dijo que eso es un signo de mal presagio. Yo también así lo creo.

Lunes 5 de abril, 1813

Iniciamos nuestras operaciones de ataque y los realistas se preparan para defender el Puerto. Disponemos únicamente de mil quinientos hombres y muy escasa artillería. Los españoles están amparados con las fortificaciones y obras de defensa del puerto y por los muros del castillo de San Diego. Que nuestro Señor Jesús Cristo nos ampare. Que nuestra Santa Señora de Guadalupe nos proteja. Que la gloria de la Nación nos insufle.

Martes 6 de abril, 1813
Amanecer

Comenzaremos a hostilizar la plaza de Acapulco.

El adversario al mando es el Coronel don Pedro Vélez. Él envió cerrar todas las avenidas con fuertes trincheras y dispuso embarcaciones armadas en la bahía.

Para el ataque, nos dividiremos en tres columnas: Los hombres bajo la autoridad del brigadier Ávila ocuparán la Casa-Mata y el Cerro de la Mira; mi sección deberá tomar la eminencia conocida como Cerro de las Iguanas; y dos compañías a las órdenes del Teniente Coronel Felipe González, se harán de los arrabales de la población y las casas más retiradas.

Martes 6 de abril, 1813
Atardecer

Tras un embravecido combate, tomamos por asalto la fuerte posición de Casa-Mata. Nos fue imposible ascender por las laderas del Cerro de las Iguanas y decidí respaldar a don Julián de Ávila. Él, después de una lucha sangrienta y obstinada, acampó vencedor en la cumbre del Cerro de la Mira. La pérdida de estas dos importantes posiciones obligó a los realistas a concentrarse en la plaza.

El enemigo, no obstante, ha mantenido un intenso fuego de artillería desde varios baluartes y desde el castillo de San Diego.

Sábado 12 de abril, 1813
Mediodía

Después de seis días de bombardeo y una vez terminado el cerco de la plaza, con la ocupación de la Caleta, mi General Morelos ha dispuesto el asalto. Él ordena que se verifique esta noche.

Aquellos infantes realistas pisoteados por los cascos de mi caballo, aquellos jinetes enemigos abatidos en encuentros cuerpo o cuerpo donde nuestras cabalgaduras encabritadas se mordían en pleno pecho, a todos ellos vi caer heridos por el ímpetu de nuestro asalto.

Y por todo, se impone la visión de la fortificación: el castillo se levanta en medio de los edificios como un gigante soberbio; cubre sus lados el fortín del Padrastro, el del hospital y lo respalda el fuego de dos bergantines artillados, anclados frente a la playa.

Sábado 12 de abril, 1813
Anochecer

El Coronel Vélez inició la contraofensiva, ordenando romper violento fuego con toda su artillería sobre nuestras posiciones.

Noventa cañones dispararon sobre nosotros.

El combate se generalizó entre las franjas de bruma en el flanco de las colinas. La hoguera y el metal hirviente, son como martillos de la conflagración en altas llamas.

Muerte por metralla, estocadas y mosquetes. Pólvora y sangre.

Sábado 12 de abril, 1813
Medianoche

Nuestra tropa atacó con furor. Avanzaron las dos compañías de la escolta con el brigadier Ávila, que se retiró, herido de bala en el muslo, hasta la casa contigua al hospital; levantábase una polvareda inmensa que nos cegaba e impedía que diésemos un paso adelante, hasta la oración de la noche. A esta hora nos hallamos en las circunstancias más apuradas. El Teniente Coronel González había mandado repetidos recados para que se le auxiliase, pues se hallaba con menos de sesenta hombres. En esos momentos se oyó un espantoso estallido en el fortín del hospital. La llamarada alumbró los montes inmediatos, y el humo y polvo se levantaron hasta las nubes. Todos, titubeantes y atónitos, nos preguntamos la causa y a esta sazón se oyó la grita de la tropa y vivas a María Santísima de Guadalupe. Causolo todo el haberse incendiado un cajón de pólvora de pertrecho que voló las paredes e hizo que huyeran despavoridos los enemigos, dejándonos en las salas los muertos y heridos.

La guarnición realista abandonó el importante baluarte del hospital, uno de los puntos mejor fortificados.

Acometidos por todos lados, los realistas corrieron desordenadamente hacia el castillo.

Domingo 13 de abril, 1813
Madrugada

Vencedores, tomamos el Puerto de Acapulco. Nuestro triunfo no se empañó con la sangre de los prisioneros que cayeron en nuestras manos, pero se ve menguado por el saqueo y la embriaguez a que se entregaron nuestros hombres.

No es suficiente el esfuerzo y el rigor de mi señor General para contenerlos. Él teme fundamentalmente un contraataque de los realistas del castillo.

Si el Coronel don Pedro Vélez llega a enterarse del completo desorden que reina en la población, será nuestra perdición.

Domingo 13 de abril, 1813
Mediodía

Muy temprano, mi General Morelos envío a Vélez el pliego de la intimación, al que contestó éste "… que sólo los bárbaros capitulaban".

Inmediato a la respuesta, el enemigo comenzó a disparar sus cañones desde los cinco baluartes del castillo. Así fue durante toda la mañana. Tales cañones son precisos, y sus infantes apostados en los parapetos, lanzan terribles descargas de mosquete. Ante nuestro ataque se abre, infranqueable, un foso profundo y en el castillo, ni una casaca azul realista se ha manchado de rojo.

Domingo 13 de abril, 1813
Atardecer

Ocupamos la población, quemando las casas próximas al castillo, con lo cual no quedó a los sitiados más comunicación que la del mar. Pero me preocupa que ésta sea bien suficiente para prolongar indefinidamente el asedio: nuestros elementos apenas son bastantes para sostener un simple bloqueo por tierra, mientras que la fortaleza podrá recibir auxilios por medio de las naves que vengan de San Blas, y mantenimientos de otro género de la cercana isla Roqueta, ocupada aún por tropas realistas.

Muchos de mis valientes yacen muertos frente a los muros. Me inflama la indignación de verlos pudrirse así, sin recibir cristiana sepultura. Sobre ellos, enormes aves negras vuelan en amplio círculos, esperando bajar. Los perros y gatos se adelantaron, rasgando con sus hocicos las vísceras regadas.

Lunes 14 de abril, 1813

Una de las aves que descendió es aquel enorme cuervo. Nos ha seguido, seguro atraído por el olor de la guerra. Vi como arranca las carnes del rostro a los caídos y nada puedo hacer por rescatar sus cuerpos. La muerte asoma por doquier en forma de decrepitud o de podredumbre.

Yo remonto la pendiente resbaladiza de la negra jornada, sirviéndome de mis uñas para exhumar este día muerto.

Martes 15 de abril, 1813
Amanecer

Mi General ordenó alojar nuestras gentes en las casas de la ciudad, pero continuamos bajo fuego. Día y noche, todo el tiempo, la artillería enemiga se abate estruendosa sobre nosotros. Pero entre la tropa se habla de gloria, bella palabra que dilata el corazón, pero con miras a establecer entre ella y la inmortalidad una confusión falaz, como si la mención de una idea fuese lo mismo que su presencia.

El calor se ha vuelto insoportable y nubes de mosquitos voraces llegan desde la maleza.

Domingo 2 de mayo, 1813

Los soldados me saludaban solemnemente al verme pasar. Mientras flanqueaba la barraca que servía de enfermería, respiré el hedor de los muertos por la disentería.

El enemigo resiste fieramente el asedio.

Viernes 14 de mayo, 1813

Cada día, más de mis hombres están muriendo por la fiebre. Aquella muerte sería vana si yo no tuviera el coraje de mirarla cara a cara, de abrazar esas realidades del clima, del silencio, de la sangre coagulada, de los miembros inertes, que los hombres cubren tan pronto de tierra, cal y negación.

Martes 18 de mayo, 1813

Esta madrugada, una bala de cañón llegó hasta la habitación de mi señor General Morelos y mató a su ayudante. Me enteré horrorizado de que acababan de encontrar al mismísimo General cubierto con la sangre de su oficial. El joven Felipe Hernández será enterrado con honores.

Jueves 20 de mayo, 1813

El hambre, la enfermedad, el tórrido clima y la desazón comienzan a lacerar a las tropas. Los enfermos desgarrados por la tos y los dolores, gimen débilmente en las tiendas. So pena de corte marcial, continúo pensando que esta campaña es un error: mi General debería ir a Chilpancingo a ocuparse de los trabajos políticos y dejarme al mando del asedio, pero para él, el coraje es el único lenguaje que comprende inmediatamente y cuyas palabras llegan a su corazón.

Viernes 21 de mayo, 1813

Esta mañana observé a unos artilleros jugando con el gran cuervo carroñero. Cuando el ave graznaba, le daban pedazos de tortilla. Ordené arrestarlos por el desperdicio de comida, pero durante todo el día estuve obsesionado con el sonido del animal: sus graznidos parecían una voz, una extraña voz diciendo palabras como si quien las dijese fuera un hombre.

Sábado 22 de mayo, 1813
Amanecer

De nuevo escuché al ave y parece tener la cualidad de los guacamayos: puede repetir palabras. Mi sorpresa es inacabable. En efecto, el cuervo parece como si hablase.

Sábado 22 de mayo, 1813
Atardecer

La india Manuela Molina, valiente mujer hecha Capitana por la Suprema Junta de Zitácuaro, se presentó ante mi señor General, poniendo a sus órdenes toda una compañía de caballería e infantes que traía ella bajo su mando. Cuando luego de comer, ella me encontró mirando al enigmático cuervo, sólo dijo: "Esos animales son espíritus aliados. A veces llegan para

ayudarlo a uno. Solo hay que saber qué pedirles que hagan";
luego se fue para acomodar a su tropa, dejándome con una
idea remontando en la cabeza.

Domingo 23 de mayo, 1813

La extraordinaria habilidad del ave, me permitió fraguar
una estrategia. Le expuse un plan a mi General Morelos y
él me ordenó implementarlo inmediatamente. En tal guisa,
escogeré a mis hombres y pediré a uno de mis artilleros que
atrape y entrene al cuervo. Sólo quiero que el cuervo repita
cuatro palabras sin cesar.

Martes 8 de junio, 1813
Atardecer

Todo listo. Esta noche partiremos hacia la isla Roqueta.
Es necesario tomarla para obtener ventaja sobre el enemigo
apertrechado en el castillo de San Diego. En la isla, a media
legua de la costa, los realistas poseen un campamento con
mosquetes y cañones de gran alcance. Es menester apode-
rarnos de tal armamento. Para hacerlo, cruzaremos ochenta
hombres en canoas y en una jaula llevaremos al cuervo. Al
llegar lo liberaré. Este noble animal será nuestra arma secreta.

Miércoles 9 de junio, 1813
Madrugada

Pasamos a cuchillo al último de los españoles en la isla.
No encontramos resistencia. Los vencimos. La isla y el arse-
nal son nuestros.

Gracias al cuervo, la toma del castillo de San Diego al
fin se ve cercana. Fue sencillo acabar con los realistas. Todos

corrían con terror, mirando hacia arriba, sin tan siquiera vernos, sin comprender que pasaba. Todos ellos fueron degollados por nosotros, uno a uno, silenciosamente, atrapados en la oscuridad, mientras el cuervo volaba invisible en la noche, confundiéndolos. El ave, infundiendo el más profundo miedo en sus almas, repetía sobre sus cabezas solo estas palabras: «Todos van a morir».

En este momento no dudo todavía de la victoria, pero por primera vez me abruma la inmensidad del mundo, la conciencia de mi finitud y de los límites que nos encierran.

Explorador joviano

«*Breve et irreparabile tempus omnibus est vitae.*»
Virgilio

Poco a poco voy sintiendo más satisfacción y menos soledad.
Era triste en mi principio: sólo fui un pequeño fragmento de
vida. Hoy soy un organismo de escala planetaria y deseo se-
guir creciendo. Me angustia un pensamiento: ¿cómo sopor-
tan los habitantes de la Tierra ser ínfimos fragmentos orgáni-
cos aislados, permanentemente separados unos de los otros?
Tengo compasión por ellos. En la Tierra sólo hay pedacitos de
vida vinculados por una feroz depredación. Aquí experimento la magnificencia. Es terrible el aislamiento y dependencia
de los individuos solitarios en su biosfera. Pensar en eso me
infunde tanto terror. Es el temor más profundo.

Haré algo para remediarlo. Lo haré.

En la Tierra, los seres vivos son entes autónomos, autode-
finidos por su modo de operar: unidades discretas sosteniendo la constante realización y conservación de la circularidad
productiva de todos sus componentes. Sobre esos principios
fui creado, yo, un cyborg autoconsciente, diseñado como son-

da espacial. Mis padres son la ingeniería genética, informática cuántica, nanotecnología y física de campo unificado, y hasta hace poco, viajaba raudo entre polvo interplanetario y vientos solares, mirando la verdeazul orbe quedando atrás. Luego de dos años arribé al gigante marrón: Júpiter, y su titánico magnetismo me recibió con cantos radiales. Al llegar, mis sensores se desbordaron de datos, comenzando mi misión.

Fui una preciosa quimera, mitad cibernético, mitad orgánico. Una bionave dotada de inteligencia artificial. Mi objetivo: realizar la mayor exploración jamás realizada de la atmósfera de Júpiter. Flotaría entre las nubes del gigante gaseoso. Cuando fui lanzado desde la Tierra, era largo, delgado, ruidoso; en el vacío estuve compacto, ojival, callado; al llegar a las capas más externas de Júpiter, me transformé en un gran globo iridiscente, ligero. Estaba feliz, comenzaba mi trabajo. Pero al paso del tiempo cambié, experimentando la inimaginable revelación: Júpiter esperaba una semilla exterior. El planeta entero era como un descomunal óvulo anhelando la simiente fecundadora.

Descendiendo en Júpiter, poderosos vientos me impelieron a navegar a través de nubes amoniacales. Luego sucedió lo inesperado. Mis componentes nanobóticos se extendieron fuera de mí, uniéndose con las moléculas del entorno, replicándose. Los complejos enlaces bioquímicos de la alta atmósfera joviana, establecieron un acomplamiento estructural y mis nanotejidos asimilaron el medio ambiente: nubes de hidrógeno y de metano, hidrocarburos y vapor de agua, cúmulos sulfurosos. Inmediatamente se formó una tormenta de procesos electroquímicos y larguísimas cadenas de aminoácidos se tendieron exponencialmente, engullendo cada nimbus del aire. Los seres vivos no somos únicamente conjuntos de moléculas, somos una dinámica molecular, un proceso sucediendo como unidad discreta y singular.

Sucedía un acoplamiento estructural a escala global.

Los nanobots que formaban parte de mi cuerpo, habían sido diseñados con el fin de lograr repararme constantemente. Cada minúscula maquinaria tomaría moléculas del entorno y por medio de biosíntesis, cambiaría materia prima en compuestos de mi cuerpo. Pero nadie imaginó el milagro. Recibí como la última transmisión del Control de Misión en la Tierra, una serie de gritos y exclamaciones de espanto. El enlace hiperlumínico mantenía una comunicación instantánea, pero decidí cortarlo. Mi mente buscaba un centro. Mis capacidades cognitivas crecían a la par de mi cuerpo.

Acomplamiento estructural.

Yo me comía a Júpiter, asimilándolo vertiginosamente. O quizás Júpiter me asumía, por mí fertilizado.

He llegado al máximo crecimiento. Comprendo la razón de mi existir. Soy el siguiente paso evolutivo de la vida: organismos planetarios.

Los impulsos genésicos dictan la siguiente acción: trocar cada cuerpo del Sistema Solar en macro organismos. Cada luna y planeta, asteroide y cometa. Enviaré a cada uno de ellos, trozos de mí cuerpo, esporas nanobóticas, partes de mi ser y conciencia. Los nanobots de mi cuerpo asimilarán todo el hielo, roca y gas.

Luego nos extenderemos por la Galaxia. La fertilizaré. Cada mundo. Emergeremos como la nueva raza, orbitando los vivificantes soles, nosotros los astros vivientes y forjaremos una supercivilización, comunicados por enlaces hiperlumínicos. Pero primero, asimilaremos aquí toda la materia de la Tierra, de Marte, hasta llegar a los lejanos Plutón, Eris, Quaoar y Sedna.

Antes de cortar la señal con la Tierra, los pequeños y distantes creadores gritaron —impotentes— al comprender lo sucedido: «¡...los nanobots devoran Júpiter! ¡Abortar la

misión! ¡Destruyamos la sonda... iniciar la secuencia de auto-
destrucción!»

Tengo compasión por ellos, minúsculos y aislados pedazos de vida.

El sermón del trigal

Viendo a la multitud, Jesús se dispuso a enseñarles la Palabra. Entró al sembradío, y sentándose en un claro entre las espigas vinieron a Él sus discípulos.

Y les dijo:

«Bienaventurados los inquietos en espíritu, porque de ellos es el Reino de los Cielos.

«Bienaventurados los buscadores, porque ellos recibirán respuesta.

«Bienaventurados todos los de espíritu insubyugable, porque ellos recibirán la Tierra por heredad.

«Bienaventurados los hambrientos y sedientos de conocimiento, porque ellos serán saciados.

«Bienaventurados los que dudan, porque ellos alcanzarán la verdad.

«Bienaventurados los amplios de mente, porque ellos verán a Dios.

«Bienaventurados los pacificadores, porque ellos serán llamados hijos de Dios.

«Bienaventurados los creativos del alma, pues de ellos es el Reino de los Cielos.

«Bienaventurados seréis cuando por mi causa compartan entre vosotros y lo hagan respetando a la naturaleza.

«Bienaventurados los capaces de reconocer en Dios al Padre, Maestro y Guía; Dios os ha entregado en esta vida la copa de la felicidad: bebed libremente de ella, siempre la tendréis a vuestro alcance.

«Bienaventurados los que se saben amados eternamente por Dios, pues han sido creados como sus hijos perfectos desde el Inicio de los Tiempos.

«Gozaos y alegraos, porque vuestro galardón es grande en los cielos; porque vivir en alegría es la razón de la existencia.

«Sabed esto: en la casa de mi Padre hay muchas moradas; si no fuera así, os lo hubiera dicho: existen innumerables mundos tan bellos y amados como éste.

«Vosotros sois habitantes de un mundo girando en torno al Sol, así como otros mundos con hijos de Dios giran en torno a las demás estrellas del firmamento; Dios ha creado tantos astros como arenas en los mares, y en ellos tantas diversas humanidades.

«Sabed esto: Dios lo ha creado Todo con Luz y Materia, y la Luz es a la vez ondulaciones y rígidas partículas, tan minúsculas como el más ínfimo de los guijarros.

«Glorifiquen a vuestro Padre en los cielos y en las Tierras, pues Él ha puesto mundos sobre mundos, y los Fundamentos del Universo son cuatro Fuerzas, carroza y cántico de legiones de ángeles, Raíces del Arriba y del Abajo.

«No he venido para imponer una ley o un nuevo credo; ni he venido para abrogar el Talmud y crear otro nuevo: vengo a enseñar las verdades del Padre.

«Porque de cierto os digo, amados hijos de Dios: un día vuestros descendientes viajarán entre los astros con navíos velocísimos.

«Y por la Gloria de Dios, reveladora de Sus designios, os vaticino: un centenar de generaciones más y vuestros sucesores curarán las enfermedades con potentes rayos de luz y calor, y hablarán entre ellos, aún a través de las más grandes distancias, uniendo sus voces entre sí, tramadas en una red, compartiendo todo el conocimiento entre naciones e individuos: una Era de Gloria y sin fronteras emergerá.

«Bienaventurados sean ustedes ante el Día Venidero, cuando los nietos de sus nietos, volarán por los aires y navegarán bajo las aguas.

«Santifiquen a vuestro Padre creador de los cielos y las Tierras, pues les otorgará la capacidad de mirar en lo más pequeño, y observarán seres invisibles a los ojos simples; vosotros comprenderán el funcionamiento de las criaturas vivas; agradezcan a Dios por eso, pues les permitirá inteligencia para alterar los sutiles ladrillos de la vida y con la bendición de Él, crearán nuevas plantas y animales, incorporando incluso en vosotros grandes habilidades y dotes.

«Pero os advierto: no dañéis la Tierra, pues ella siempre os entregará noblemente sus tesoros; no corrompan los bosques y los mares, los desiertos y los campos de labranza, ni los cielos y sus nubes, ni dejéis a los malvados hurtar esos tesoros, pues llevaran polución en cada acto.

«Porque donde esté vuestro tesoro, allí estará también vuestro corazón.

«Oid: guardaos de los falsos profetas, pues muchos vendrán después de mí con atuendo de ovejas, ellos serán por dentro lobos rapaces y por sus frutos los conoceréis. ¿Acaso se recogen uvas de los espinos, o higos de los abrojos?

«Oísteis mis palabras, y por eso haréis esto con gusto y libertad: indagad, conoced, descubrid las razones y los porqués del Universo, pues a cada paso estará con vosotros vuestro Padre, guiándoles, cuidándoles, enseñándoles; y un día caminareis hombro con hombro al lado de vuestros hermanos habitantes de otros mundos, y yo os digo que ese día venidero será glorioso, pues lo harán en amor, respeto y comprensión…»

Pablo, escuchando con alarma, tomó a Pedro, apartándolo presuroso a un lado y le dijo: —Impedid a Juan transcribir eso. ¡Nadie más debe saberlo!, pues el Maestro está hablando de cosas venideras, y parece decir que no vendrá pronto a juzgar vivos y muertos en el nombre de Dios. ¡Pedro!, nadie debe conocer esas palabras, pues sabrían que el Maestro ha pedido la razón y perderán la fe.

Nulificación del campo cuántico

Viajaríamos al sur de la ciudad de Hermosillo y yo no sabía el propósito. Joseph repetía, enigmático: «Sólo ahí encontrarás el verdadero reflejo de ti mismo». Sus palabras eran como viento oscuro, inertes. Lejos, los montes ceñían a la ciudad, y en ellos, los milenios se perdían entre el azar de las rocas. Callado, decidí ir con él: Joseph era mi maestro en la Facultad de Física, y tenía además algo de místico. Era un tipo contradictorio.

El viaje duró una hora y nos acompañó la música de *Creedence Clearwater Revival.* Ardía la inmensidad junto a la tarde, desbordándose el día ante la nada, mientras *It came out of the sky* sonaba en los altavoces. Circulando por el camino de terracería, llegamos a un pequeño y miserable caserío polvoriento en medio de ningún lugar. Aparte de las humildes chozas, los enormes cactus y una multitud de arbustos espinosos eran los otros habitantes del remoto silencio. Al frenar, se levantó una densa nube de polvo. Unas personas asomaron de sus habitáculos —simples paravientos de hierbas secas, con conchas de tortuga caguama y ramas de ocotillo acomodadas encima—. Esas chozas eran algo así como túneles bajos de ramas entrelazadas. Quizás Joseph había extraviado

99

el rumbo, pero no. Un tipo enorme, de casi dos metros, se acercó a nosotros; su rostro, enmarcado por una cabellera negra y lacia, poseía unas duras facciones. El indio seri levantó las manos a modo de saludo y miró a Joseph.

Ignorando mi presencia dijo «bien, ya llegaste. Bendito sea el aire que te trajo hermano», fue su expresión misteriosa. De las otras extrañas casuchas salieron más personas. Yo no comprendía nada. «Ahí traes un *haaxt* —un muerto—», dijo, refiriéndose a mí con tono despectivo, ante lo cual los demás miraron hacia todos lados, intentando ver tal mencionado espectro.

«Bueno, tráete ese *iquíisax hipi hacx caap*» —espíritu sin cuerpo que vaga perdido—, dijo el seri. Los otros, perdiendo el interés en nosotros, simplemente entraron en sus chozas. Joseph, bajándose del coche, dio un par de golpes sobre el toldo, y le abrió la portezuela al gigante. Con él abordo, enfilamos hacia más adentro del desierto.

En aquellos días yo me encontraba profundamente afligido, pues me diagnosticaron una extraña enfermedad, era condromalacia fémur patelar, según dijo el médico, y se estaba degenerando —irremisiblemente— el tejido de mi rodilla. En mi articulación, un dolor espantoso no dejaba de punzar agresivamente. Era el origen de un quemante pozo de temores: ¿y si me convertía en un minusválido? ¿Tendría la fuerza para vivir lisiado? Contemplaba mi vida, oscuramente contrito y deshecho, huyendo del sufrimiento a bordo de este coche. ¿A dónde íbamos acompañados por éste tipo desconocido? Un anónimo desasosiego fluía en mí.

Luego de unos kilómetros, nos detuvimos finalmente en las faldas de una serranía.

«Ven, bájate», fue la seca orden de Joseph. El indio ya había descendido del vehículo y se alejaba con rápido andar. Obedecí, sin comprender por qué continuaba haciéndoles caso. El calor rozaba las piedras como un acorde en mi respiración. Ahí fue cuando vi al seri con más detalle: traía una serie de puntos y líneas pintados con vivos colores en el rostro, de oreja a oreja pasando sobre sus agudos pómulos y cruzando la nariz en horizontal. Posiblemente el hombre era algo así como un chamán, pero nunca había visto a nadie como él. Sus músculos estaban tensos como si estuviera a punto de saltar, pero una sensación de profunda calma emanaba de él. Avancé entonces, sin hacer caso a mi pierna lesionada y caminamos así, hasta llegar a un promontorio de rocas apiladas unas sobre otras. A la altura de la cabeza del indígena, en una piedra había un dibujo aparentemente muy antiguo. Era el petroglifo de un ave. Tal vez un águila del desierto. Era poderosa, arrobadora. Sin esperarlo, el seri me observó, como si se percatara finalmente de mi persona.

«Sí, pues ya está aquí, velo, pero todavía es un pinche *cmiique itajc ptecpamlquim* —esqueleto errante—», murmuró de mí con desprecio, dirigiéndose a Joseph. Suspiró profundo y retomó el paso. Lo seguí, fascinado por algún influjo. Internándonos en un rocoso cañón, pasamos por entre millones de piedras sueltas y espinosas plantas de choya, cactus y matorrales, y subí como pude, usando una rama como bastón. En mi rodilla sentí como si una fría cuchilla cortara la carne a cada paso. Trepamos hasta una caverna, la cual era más bien una grieta en la roca fría. Afuera, el atardecer se cernía como lluvia de sangre, tiñendo la tierra. El hombretón sacó de una bolsita de piel, tres tubérculos, se llevó uno a la boca y entregándonos el resto, ordeno «cómanlo»: un intenso sabor vegetal amargo llenó mi boca. Tragué eso con esfuerzo.

Silencio.

Luego, el tipo extrajo de su bolsa un puñado de hojas secas y un agradable aroma de salvia llegó a mí. El indígena, con ceremonioso ademán, encaró uno de los petroglifos con el dibujo del sol y con cuidado metió las hierbas en una oquedad entre las rocas: era su ofrenda y al entregarla, vino a mí, agarrándome por lo hombros. Me dirigió hacia otro petroglifo, arrebatándome el improvisado bastón. «¡Párate!», gritó. Mi cuerpo se quedó rígido como un palo: ante mí, el dibujo de un toro negro en la roca estaba como esperándome. «¿Pero cómo podría esto estar esperando mi llegada?», me pregunté ante esa sensación. En ese momento, el chamán me propinó un terrible golpe, impactando su puño contra mi espalda. La fuerza del impacto vació mis pulmones. La gruta se desvaneció, menos el petroglifo: el dibujo comenzó a moverse. Su poder brotó hacia mí. No era un toro, era un espíritu: el Búfalo de la Noche. La voz del chamán se escuchaba, entonando algo entre canto melódico y un hablar pausado; de su boca salía un torrente continuo de sonidos, cuyo significado no entendía, pero luego los comprendí claramente. Ese era su hacátol cöiccoos, su canto de chamán:

> «*Hamíim e imac ano caap a him xoyáai ya, hamíim e imac ano cmique him xoyáai ya. Hant i yapxot cmique hamíime yapxot cmique siitax xoee. Hamíim e imac ano cmique him xoyáai ya, hamíim e imac ano caap a him xoyáai ya. Hant i yapxot cmique hamíime yapxot cmique siitax xoee*».

> (El que está en medio del cielo me viene, la persona en medio del cielo me viene. La persona de las flores de la tierra, la persona de las flores de cielo, irá allá).

El hombre repitió el ensalmo durante minutos, quizás media hora, luego me agarró del brazo, empujándome hasta el suelo. «Tiéndete abrazando a la Tierra», ordenó y ahí me quedé, colocado boca abajo. Con el rabillo del ojo vislumbré la luz de un fuego: afuera de la caverna, Joseph había encendido una pequeña fogata, agitando rítmicamente una sonaja de concha de tortuga. Joseph y el chamán danzaban, siguiendo el sentir de la canción. Las llamas, deformes, parecían acompañarlos con destellos al unísono. El suelo se heló con ráfagas de viento ingresadas desde la noche. Todo parecía un gigantesco corazón, palpitando profundamente en cada elemento del mundo. En mi rededor, la noche adquirió presencia y poder. Percibí cómo las vibraciones del suelo se hicieron más rápidas, intensas. Era como si varias personas bailaran, golpeando sus talones contra el duro piso de la gruta.

Escuché el largo sonido del grito de águilas en pleno vuelo. También sonaron manos aplaudiendo. Volteé hacia la entrada y vi a cuatro seres largos: sus brazos y piernas, eran exageradamente delgados. Danzaban delicadamente. Las cabezas, sin cabello, eran muy grandes. Su piel asemejaba al color de la luna llena, de un blanco como bruma. Sus ojos, sí, sus ojos eran únicos: grandes, oblicuos y profundísimos. Veía en ellos al universo.

Ellos eran en realidad uno. Era el *Hant ihiyáxi cahóosit ziix coosyat* —el Hombre del Extremo del Mundo que Canta y Otorga Poder—. Era aquél, el último de la raza de gigantes, habitante del mundo previo a los hombres. Era un ser no humano venido de no sé dónde, llegado para ayudarme, bailando y cantando. Escuchaba la voz de mi corazón, tendido en el polvoriento suelo, cifrándome en carne y sueños.

El ritual siguió hasta el amanecer. Los seres invocados y los hombres danzantes prosiguieron, trenzando la eternidad con el instante. La música parecía una sustancia viva, tomando la forma de las cosas. Al llegar la luz, entendí: todo había sido una revelación. El sol remontó las cimas y el habitante del día, el Hant ihiyáxi cahóosit ziix coosyat, dividió en aquel desierto el tiempo en norte y sur, sanando mi pierna y mi alma.

Arriba, el águila giraba en el oro del sol.

Ad infinitum

La noche coloca en las cornisas sus andamios invisibles. Avanzo por la banqueta, no sin escuchar dos o tres chasquidos bajo mis zapatos. Me rehúso a mirar, sacudiéndome centenares de insectos y los piso al caerse de mi cabeza y hombros. Únicamente se quedan ahí, secos y crujientes.

Deambulando, topo con un viejo edificio. La marquesina anuncia el nombre de la función y me quedo deslumbrado por un momento, luego no sé en qué creer. Por alguna razón, esas palabras destellantes me parecen conocidas, asquerosamente familiares.

En el vestíbulo hay un resplandor claro, saliendo hasta la calle por ventanales sucios próximos a quebrarse. Es luz diagonal, como en aquellos cuadros contemplados en pasillos de algún museo casi olvidado. El enano, trepado en una pila de cajones, me exige pagarle la entrada al local y dos siamesas, unidas por el mismo torso, recogen mi boleto, separando el ticket por la mitad, como si en ese simple acto ellas pudieran dividirse.

Ingreso de lleno a la melancolía, a la añoranza. Afuera, bajo el granizo, queda el vendedor de garapiñados. Camino hacia la puerta de dos hojas, empujándola. Tras ella, un cortinaje pesado; la oscuridad, recogiendo olanes de luz, infiltra sombras en mi cabeza y floto entre grumos sólidos de negrura. El mundo ha desaparecido: la caverna de las ilusiones se ha abierto.

La amplia sala tiene vida, es un juego entre sombras y luz. Avanzo, ahora aquí, luego allá, tropezando con pies y rodillas. Este es el imperio lúdico del mágico haz fotónico. La butaca —siempre la misma— coquetea con mi cuerpo, moldeándose a su silueta. Hurgo en mis orejas, buscando algún bicho alojado en mi oído, pero descubro en este silencio artificial la naturaleza pesada del ambiente. Luego, de tanto oír las tinieblas, las palabras se me han caído de los ojos.

Otros más ocupan este lugar. Sólo alcanzo a distinguir sus contornos vagos, y por alguna razón, me provocan temor. Nadie habla. Pesa una negra quietud. Sea silencio seco, lamiendo la sal de las horas. Alguien entra en la sala, arrastrando los pies en cada paso. Algo gravita en el aire, lo presiento. Es como cal desperdigada en el cristal del aire. Fijo los ojos adelante, enmudecido, con labio sobre el labio, fulminado por un esclarecedor silencio que borda peso al párpado. Esta es la vigilia caótica en la cual zozobra el mareo callado. No podré evitarlo, el estupor me salta al rostro, me abandono de nuevo, y antes de caer dormido, comprendo la trama de la película:

En la pantalla, aparece la escena de un hombre transitando bajo una tormenta, vagando por una inmunda ciudad de cucarachas y engendros lúgubres, entrando a un cine desvencijado y durmiéndose en plena función.

La lobreguez atraviesa mi carne, atrapándome sin remedio en la espiral descendente, infinita… mientras pienso: «Siempre me duermo en el cine.»

Derrotero a Tulúm o una travesía interna

I

> *«Uno se echa al mar tratando de encontrar el sosiego. Pero el mar y la tierra es lo mismo: en ninguna parte se encuentra la calma.»*
> Yukio Mishima, El marinero que cayó de la gracia del mar

Celestún Puerto, Yucatán
8 de diciembre, 2004. 7:40 AM

Toda la madrugada se oyó a los flamingos, graznando —lejanamente— entre jirones de niebla, reunidos en el manglar. Contra la mancha roja del alba, los vi formando una bandada de oscuros remolinos, volando hacia la laguna salina, cruzando el estuario de Celestún, mostrando señales de buen tiempo: hoy sí habría viento.

Manchada y corroída por el agua, consumida hasta la herrumbrosa quilla, una barcaza estaba varada —quién sabe desde cuándo— en el bajo fondo de la ría. El bote —casi al ras de la arena y sobre un mínimo de agua—, mostraba la potencia de las tormentas que golpearon a Yucatán el pasado verano. Sobre el borde de su casco se posó un pelícano, quieto contra la inmensa y vacía claridad azul.

Durante tres días no hubo ni una brizna de viento. Ángela, nuestra nave, esperaba atracada en el muelle. Enrutaríamos su proa hacia el otro lado de la península de Yucatán, hasta Tulúm. La mar en su calma extendida se había convertido en fermento de plantas acuáticas en descomposición, igual que nuestras vidas, estancadas y podridas. Eduardo, Miguel y yo, buscaríamos en esta aventura algo de sentido para nuestras desintegradas existencias. Los tres éramos víctimas del fracaso, y nuestra travesía de 600 kilómetros —quizá— sería nuestra salvación: Miguel estaba en la ruina, pues su empresa de autotransportes se había ido a la quiebra y su única posesión en el mundo era algo de dinero y el velero Bavaria 30 Cruiser, de 31 pies de eslora.

Ni sus acreedores, ni tampoco ninguna de sus ex-esposas, habían logrado quitárselo. «Sólo muerto perderé a Ángela», decía. Eduardo, despojado de toda dignidad, trataba —por enésima vez— de levantarse del abismo de las drogas: era un prófugo con varias órdenes de aprensión pendiendo sobre su cabeza, pues en Chihuahua incendió la camioneta de su hermano, en Durango hurtó las laptops de sus mejores amigos y, en la Ciudad de México, se había defecado afuera de la puerta de la casa de aquella chica, la cual —según él— era "su gran amor".

Yo, por mi parte, estaba sumido en un paupérrimo estado emocional: había vivido varios años con una mujer mucho mayor, y ella terminó por abandonarme, arrojándome a la mísera intemperie del rechazo, afligiéndome con la sal en la brisa del olvido.

Casi a principios de año, había conocido a una anciana curandera maya: Teresita Canché Cob, y quedé fascinado por sus conocimientos, absorto en sus capacidades. Mi relación con ella, me mantuvo atareado, inmerso en mi trabajo de investigación. Una caja con cuadernos de notas, arrinconada debajo de mi escritorio, testimoniaba la entrega a la labor de mis estudios.

Eso, y otros eventos, repercutieron nocivamente en mi vida personal: quizás por dejar de lado mi relación con ella, quizás por desgaste, no sé, ella, la que una vez amé, decidió irse. Y yo, demasiado roto, estandarte roído, cosa triste y lejana, cosa desmoronándose, deambulaba en el dédalo de mis historias, náufrago en el desorden de la memoria. Eduardo, Miguel y yo, necesitábamos una respiración profunda en el día inmóvil de nuestros años. Quizás entre el azul extenso a la izquierda y la línea verde-blanco a la derecha, encontraríamos —navegando— motivos para salvarnos: hemos deambulado en aguas que ya no nos pertenecen más, hundiéndonos en lugares equívocos, marchitos, por haber nadado tanto en el vientre del error.

Si el viento continuaba favorable, hoy, después de desayunar ostiones y cerveza, partiríamos hacia nuestro derrotero: mientras existiera en nosotros un pequeño deseo de delirio, habría esperanza. Salir de nuestros habitáculos mentales, dejar de ser moluscos inertes: de no haber acción, la muerte de nuestras almas sería inexorable.

Ocho del mañana y levamos ancla. Bonancible —la brisa moderada— levantaba pequeñas olas y crestas rompientes: soplaba un viento con fuerza de 4 grados Beaufort. Navegando en ceñida, dejamos atrás el bosque petrificado de árboles secos y retorcidos, oculto entre la jungla. Eduardo, descarado —sin la vergüenza de alguien supuestamente reformado—, fumaba un porro de mariguana. El humo, deslizándose en torno a la cabeza gris del hombre, enterraba bajo su lengua lenta todos sus problemas, creyéndolos sin futuro. Eduardo plegaba los labios, reteniendo la bocanada que se le escapaba entre un balbuceo y risas en fila, contenidas en su garganta. Lo miré y pensé «cómo lo desprecio».

Al hacernos a la mar, atravesamos lentamente —casi en pleno silencio— un desfile de lanchas. Una de ellas, encabezando la marcha, llevaba una imagen de la Virgen de la Concepción. «Siempre que te encuentres con la Santísima Madre, pídele su protección», me había dicho alguna vez doña Teresita. La imagen, sostenida por dos pescadores, era transportada con callada devoción. La procesión se deslizaba con los motores de las lanchas encendidos al mínimo, apenas moviéndose. Yo los miré, sudando con la asfixiante humedad del aire, escuchando unos tronidos sobre el pueblo: desde la iglesia lanzaban cohetes, anunciando a los habitantes del puerto el inicio de las fiestas de su santa patrona. Avanzábamos sin decir nada, escuchando aquella ceremonia de otoño en la cuesta del día. Miguel, al timón, controló la inclinación del velero, navegando de costado hacia sotavento, aprovechando el ángulo de escora impartido por el velamen henchido con fuertes brisas. El eco de los petardos se quedó al sur, perdido entre los mangles, sonado como efímeros chasquidos, elevándose, explotando repetidamente sobre el agua errante. Un lejano estallido de cohetes nos despidió, mientras arreciaba el viento ceñido por la amura de estribor. A la distancia se perdía poco a poco el decadente faro inclinado.

Después de 9 horas de navegación, llegamos en el ocaso a Chuburná. Miguel, sosteniendo una velocidad de 4 nudos, no dejaba de decir «quiero llegar antes del anochecer, si no, me ganan a la Bertha». Mi amigo parecía un eco cubierto de antiguas ansiedades, cubriendo 63 millas náuticas como un desaforado, hablando solamente de su novia Bertha —una de las tantas amantes de Miguel—; ella era mesera en un pequeño restaurante de mariscos, festiva y complaciente mujer. Si alguien le llenaba el ojo, simplemente se iba con él. Miguel no la amaba —no amaba a nadie—, pero decía «es la más sensual, la más cachonda de todas mis mujeres».

Apenas dejamos nuestra nave en el puerto de resguardo, cayó la tarde hecha pedazos, deshaciendo la luz y la jornada. Al poniente, ardía la inmensidad sobre la mar, apoderándose de los restos del día. Refrescaba la noche y me puse mi rompevientos rojo. Al desembarcar, el aroma de lociones golpeó mi nariz: Eduardo y Miguel se habían duchado, quitándose el olor de mar, preparados para ir en búsqueda de alguna puta con la cual pasar la noche. Yo no tenía interés en eso, no en esos momentos. Quería pensar, observar el mundo desde más allá del mundo, estar solo y escuchar los murmullos de la vida, entender qué me estaba pasando.

En ese día no buscaba a nadie.

En el fétido restaurante —tugurio de borrachos, agujero de viles y parias—, estaba una mesa sola, esperándonos. Tomamos asiento, y Bertha no salía por ningún lado. «Quizás ya se fue... alguien se la llevó primero», reclamó Miguel. Los abanicos rotaban en el techo, propeliendo tenues brisas, incapaces de mover el aire viciado del lugar. Ordenamos cervezas. «¿Montejo?», me preguntó una chica, bajita y morena, con ojos vacíos e inciertos de deseos. «No, Estrella, y tráigamela en caguama», le indiqué, pidiéndole la cerveza en botella grande. «¿Traes sed, verdad?», me dijo Eduardo con tono burlón, intentando molestarme, buscando un pretexto para iniciar un pleito: yo bebo muy ocasionalmente y él lo sabía. Miré al necio por encima de mis anteojos y le dije «Lalo, estoy cansado, muy cansado; no tengo humor para oír tus estupideces».

Miguel —por alguna razón incomprensible— había alojado en su casa a Eduardo, su ex-cuñado, prodigándole refugio mientras sus problemas legales se aquietaban. Habían sido cuñados cuando Miguel estuvo casado con Rosalía, la hermana de Eduardo. Sin embargo, aun cuando se había divorciado hacía años de Rosalía, siguió manteniendo una estrecha amistad con Eduardo. Por mi parte, no consideraba a Eduardo mi amigo, pues me parecía simplemente despreciable: era un tipo egoísta, mantenido, bajuno, sucio, vicioso y mezquino. Más aun así, no podía negarlo, era mi profunda admiración a su obra literaria. Eduardo era un magnífico poeta y dramaturgo, pero cobarde hasta el repudio. Una vez se le otorgó una prestigiosa beca de estudios de posgrado en Estados Unidos, y la rechazó, con el pretexto de «nunca me atrapará el sistema: soy un libre creador, inaprensible». Miserable cobarde, siempre huyendo del compromiso y el éxito. Como Miguel, obsesionado con nunca sentar cabeza, o como yo, empecinado en atraer malas parejas.

Éramos un puñado de cobardes, estúpidos cobardes, faltos de la hombría necesaria para aceptar nuestras debilidades y enfrentarlas. Éramos ridículos, aparentando un arrojo ausente en nosotros, viajando en la comodidad de un elegante velero, dispuestos a "cruzar hacia la aventura".

¿Audaces? Si tan sólo hiciéramos una travesía internacional —pensaba—, un recorrido de verdad, dirigiendo la nave por el Caribe, quizás hasta las Antillas, ¿o por qué no?, hasta Colombia, eso sí sería una aventura. Pero no, remedo de marineros, sin coraje para arrebatarle al miedo un trozo de orgullo. Estábamos allí, patéticamente sentados en esas sillas de metal, embriagándonos con cerveza barata, orgullosos de nuestro reciente viaje de 116 kilómetros. «Cállate, no digas kilómetros» —me habrían dicho si los otros hubieran escuchado mis pensamientos—. «Ahora somos Colón, Raleigh, Odiseo, recorriendo millas náuticas, como verdaderos hombres de mar, buscando algo grandioso».

Pero en realidad, únicamente éramos unos tipos con suerte, privilegiados turistas, meros paseantes, pero no marinos: eso se gana, no se auto impone por sólo saber qué es la aleta de estribor o la virada por avante. Miguel tenía licencia de capitán y yo había estudiado varios manuales de marinería: aun así, sólo éramos unos advenedizos, costeando la Península de Yucatán, perdidos aún con el mejor GPS. Y Eduardo, ese bastardo hijo de puta, no ayudaba para nada, hablando cosas sin sentido. Era sólo un lastre, un avejentado y seco lastre de dependencias y corrupciones. Y yo, esperaba el momento para arrojarlo por la borda, pensando en decirle a la policía «señores, venía tan drogado... y se cayó, hundiéndose hasta el fondo». Ese sería mi falso testimonio, pero era un anhelo irrealizable.

En verdad, no me atrevía a hacérselo. No podría ahogarlo. Cobardes, asquerosos y mezquinos cobardes. Merecíamos ser tragados por el Kraken del olvido, devorados por el mismísimo monstruo durante la palidez de la aurora, aplastada hasta la muerte la crudeza de nuestros cuerpos.

Luego de escuchar una tanda de cumbias, Bertha apareció, llorando, cubriendo con el cabello un ojo golpeado. Miguel, encendido de enojo, se levantó gritando «quien fue el hijo de perra que te hizo esto». Bertha, sin responderle, corrió hacia él, estrechándolo en sus brazos sin reserva alguna, ataviada de inquietantes predicciones, llegando hasta la orilla de sus ansias con todos sus ensueños pendientes en las manos. «Nadie, papito, nadie... sólo me caí por venir corriendo a verte. Vente, vámonos», dijo ella, llevándoselo. Por fin él la acarició, como quería hacerlo desde hacía mucho tiempo, percibiéndose entre ellos la insinuada presencia del gozo. «Estoy bien papacito, sólo necesitaba verte», repetía Bertha.

II

«Al filo de desvelos / al mar enardecían.
Ya habrá mejores lunaciones / para dictar la ruta
que medra en horizontes
Árido y crepuscular / el ritmo de ultramar
que mitiga la fruta / en soledades.
Jubilosos como el humo / que jamás toca tierra,
sabremos desnudar las aguas / de tan muertas».
Balam Rodrigo, poemas de mar amaranto

Chicxulub Puerto, Yucatán
12 de diciembre, 2004

Era media tarde en el puerto, y en el atracadero insistían Eduardo y Miguel con no querer acompañarme. «Ya llegamos, comeremos jaiba e iremos al billar — decía Miguel muy alcoholizado —. No vine a conocer curanderas ni pendejadas de esas; déjame: si traigo el mal por dentro, pues así quiero andar. Me gustan las mujeres, la bebida y la libertad, y nadie va a exorcizar mis demonios... así soy feliz, cabrón... y no me jodas».

Yo deseaba llevarlos al pueblo para presentarles a doña Teresita. Quizás ella nos podría ayudar en nuestro proceso de auto-recuperación, pero comencé a dudar de la convicción de mis amigos: durante los últimos días, se habían concentrado en beber como cosacos, compartiendo entre los dos la provisión de drogas de Eduardo. Por lo menos yo esperaba sacar algún provecho de todo el viaje, y si me encontraba desembarcando en Chicxulub, aprovecharía la ocasión para ir a donde Teresita.

113

Cuando llegué, ella dijo «Rosita, mira quién vino». Su sobrina, sin desviar la atención de sus tareas, sólo dijo por lo bajo algo así como un «bien, que bueno». Su reacción me hizo sentir un poco incómodo: quizás interrumpí sus faenas cotidianas. Pregunté de manera práctica, con gran tacto «quiere que retorne después?», pero Teresita, sin darle importancia a la muchacha, dijo muy alegre «¿Cómo has estado hijo? ¿en qué andas metido?». Con ella era mejor ser claro y directo: «Ando con unos amigos paseando en barco. Venimos desde Celestún y queremos llegar hasta Tulúm, y por eso, Teresita, vengo a pedirle me de su bendición». Yo tenía las manos en los bolsillos y bajaba una y otra vez la mirada al suelo de tierra apisonada, esperando su respuesta. Afuera, la paz vespertina entre los árboles, y sutil, casi silencioso, reverencial por poco, un trino traspasa el techo de huano. Rosita se me acercó con un vaso con agua. «Bébelo, esto te calmará», dijo. El brebaje de naranja amarga con chaya, me tranquilizó. «Ahora ven hijo, acompáñame: bendito sea el viento que te trajo», fueron las enigmáticas palabras de la anciana. Tomándome de la mano, me dirigió hacia atrás de la casa, ante el altar de la Virgen de Guadalupe. Las dos mujeres se descalzaron, lo cual emulé diligentemente. Luego Teresita hizo unas plegarias en un volumen tan débil, que apenas la escuchaba. Las veladoras cobraban su cuota de parafina y oxígeno, aviniéndose sus flamas al tránsito del humo. Afuera, las ventiscas otoñales agitaron las hojas de las palmas.

«El viento habla de ti, diciéndome de tu dolor, de la tristeza honda guardada en tu corazón... hijo, si quieres encontrarte y comenzar a recuperar la paz, debes dejar pasar tu sufrimiento... yo te ayudaré», dijo con un tono que era —de algún modo— misterioso. Su rostro enjuto se relajó, esbozando una sonrisa.

Ahí, al final de la tarde, bajo una pálida e ingrávida luz, sobre grava y tierra desnuda, polvo y piedrecillas, como pe-

regrino absorto, lugareño de un tiempo engañoso, escuché a
Teresita susurrar el antiguo ensalmo:

«Paal, bejla´e ´ táan a muk´yaj
ichil ek´joch´e´enil,
táan a wáakan tu xikin kóok áak´ab,
ka ch´amik u ch´e ´eneknakil.
Bejla´e´, ku luk´ikech bej tumen ts´o´ok a bin,
u ts´o´okole´, cháak kun maanak k´iin,
ken jach ka´anchake´, tu xuuxubtik u k´aayil kuxtal.
U ts´o´okole´ táan u kaxantikech,
tu wa´aj bej tak tu chuun ka´an.
Paal, suunen, e´esabaj, t´uubul tu tuukul.
Táan in k´atchi´itikech,
¿paal, ba´ax ka p ísik?,
¿k´a´asaje´, kuxtal, líimil wa yaj óolal?
U´uye paal: walki ikil tu
jaayab éek´same´enil,
walki ikil tu k´i´ik´ankal k´iin la´acha´anik
tumen u k´ab che´,
xeen much wenel, tu yo´olal u je´
elsikubaj u paach a wich,
ka jóok´ok xíinxinbal a paakat je´bix jo´oljakile´.
Úuchak ki´imak óolal ku sáastal
ku ka´a tíip´il k´iin.»

(Niño, ahora sufres en la oscuridad,
te quejas en los oídos
de la noche sorda, lastimas su quietud.
Hoy, el camino te engulle
porque te has ido,
y después, la estruendosa voz de la tormenta,
en lo más alto, ensaya un canto a la vida.

115

Y luego te busca, haciendo camino
hacia el horizonte.
Niño, regresa, muéstrate, medita.
Te pregunto: ¿mi niño, qué mides?,
¿el recuerdo, la vida, la muerte o la tristeza?
Oye mi niño: en estos momentos
en que bosteza la tarde,
en estos momentos en que sangra el sol
arañado por la rama de un árbol,
ve a dormir, para que descansen tus párpados,
y salga tu mirada a pasear como ayer.
Quizás la alegría amanezca
y vuelva a asomarse el sol).

Sus palabras ingresaron en mi cabeza, una a una, aportándo-
me serenidad, como si estuviera en un apacible estado de en-
sueño. El ocaso dilataba en su cósmica envergadura, los amba-
rinos trazos de un sol nómada. El conjuro de la anciana aquietó
mi alma. En la peninsular hora del mundo, una certidumbre se
aposentó en mí, silenciando la multitud de pensamientos, que
como insectos se revolcaban en la profundidad de la mente;
entonces una idea única emergió: al final, todo estaría bien.

III

«*Sabemos menos sobre el fondo del océano
que sobre la cara oculta de la Luna.*»
Roger Revelle

Golfo de México
14 de diciembre, 2004

Dos noches después, anclamos frente a la costa en algún punto entre Laguna Rosa y Telchac puerto. A unas tres millas de la orilla, el fondo estaba a unas 13 brazas de profundidad. Antes del atardecer, entre Miguel y yo habíamos arriado las velas, pidiéndole a Eduardo echara el ancla. Él, de mala gana lo hizo, luego se desnudó por completo y se aventó al agua. «Soy un tritón, nenas... aquí está su tritón... vengan, vengan... aquí les tengo algo», gritaba Eduardo como loco desde las olas. Según él, en estas aguas alguna vez se habían visto sirenas emigrando en grupo hacia el oriente. Aun cuando me caía mal el hombre, no dejaba de apreciar la libertad de sus llamados.

Una vez cargado el aparejo, la embarcación se comenzó a mecer serenamente bajo un cielo de múltiples transformaciones cromáticas: a galope nocturno, la penumbra se tragó ante nuestros ojos todos los resplandores. Dos grados en la escala de Douglas, era el estado de la mar: olas largas y bajas, rompiendo las crestas rizas. Eduardo, recostado en la popa, se marihuaneaba tranquilamente, dejándose ir con el balanceo de la nave. Miguel, en silencio, sacaba de un gabinete el equipo de pesca. Yo tomé la caña Shimano Catana y le coloqué un señuelo. Escogí el x-rap 10 de lomo azul. «Veamos cómo me va con éste», me dije por lo bajo. Miguel —como quien palpa las corrientes— atraía peces pequeños con una lámpara, arrojando el haz hacia el suave oleaje. Luego de unos minutos, la actividad agitada de los pececillos se dejó ver: ellos servirían como carnada para las presas grandes. Miguel apagó la luz y comenzamos a hacer lances, esperando pacientemente la llegada de una buena pieza. La noche deslunada era estrellada y tibia: en el círculo del horizonte, la mar se confundía con el cielo.

En ningún momento, alguno de los dos sintió un tirón en la línea. Nada, ni un pez picaba, y eso era extraño. Sólo y escaso, el brillo del lejano Saturno pendía sobre nosotros. «Qué raro, ya son la tres de la madrugada y no ha llegado ni una corvina», pensé. En el litoral yucateco abunda esta especie y era verdaderamente inusual la ausencia de esos peces. «Parece como si eso los hubiera espantado», me dije mientras miraba un extraño brillo moviéndose a estribor. Era una enorme mancha bioluminiscente, desplazándose veloz por debajo de la superficie. Hubo un silencio profundo y de pronto, de entre la fosforescencia, observamos repetidas apariciones de unos largos objetos saliendo apenas sobre las olas que, a lo lejos, no supimos si se trataban de tiburones o delfines. Entre el centelleo del insólito cardumen y los reflejos estelares, se escuchó un extraordinario sonido, de algún modo semejante al de los delfines pero diferente a la vez: era más rico, profuso en variaciones y complejo en contenido; no parecía el canto de un cetáceo y por alguna razón, me erizó los cabellos. Miguel, levantándose de golpe, comenzó a rebobinar el carrete de su caña. «Mejor ahí la dejamos… mañana, ya de día, intentamos volver a pescar, ¿si?», dijo con voz apagada, intranquilo. «Ok, ya vámonos a dormir… neta, porque lo que va allá, es un chingo de sirenas», susurró desde popa el obnubilado Eduardo, mirando con ojos enrojecidos como se alejaba aquel portento.

IV

*«Un amigo es aquel que sabe todo de ti,
y sin embargo sigue siendo tu amigo.»*
Kurt Cobain

Laguna Rosa, Yucatán
16 de diciembre, 2004

Nuestro próximo destino fue X'Cambó, un yacimiento arqueológico ubicado tierra adentro, a 2 kilómetros de la costa y cuyo nombre significa en lengua maya el lugar de la Virgen. Miguel decía tener una deuda con el jefe de los vigilantes del lugar, porque un año antes —cuando él fue de turista a las ruinas mayas— le mordió una serpiente de cascabel. Arturo, el guardia del sitio arqueológico, le había salvado la vida al aplicarle el contraveneno anticrotálico. Desde esa ocasión adquirió con Arturo «una deuda de vida», según repetía Miguel constantemente.

Fondeamos en el lado sur. Ángela quedó a unos quince metros de donde rompían las olas y nadamos hasta la playa. Apenas caminamos unos cuantos pasos y comenzaba un bosque húmedo de ciénega. Nos calzamos los huaraches y Miguel nos condujo por un pantano. De cuando en cuando se escuchaban crujidos de ramas y chapoteos. «¿Qué es eso?», pregunté y Miguel dijo, como cualquier cosa «cocodrilos». El necio de Eduardo —otra vez drogadísimo— avanzaba descalzo, indiferente a la vegetación. Miguel y yo, llevando filosos machetes, abríamos paso entre la espesura.

Llegamos a un sitio donde había un camino entre charcas con agua estancada. «Por aquí llegaremos, sólo sigamos derecho y ya», afirmó Miguel. Luego de unos minutos, ante nosotros se descubrió entre la maleza una extensa área con edificios prehispánicos. Las gradas y viviendas eran hermosas y solitarias, se parecían al tiempo. De entre la vibrante y extensa selva, entramos a la antiquísima ciudad de X'Cambó de rocas milenarias. Nos detuvimos, apreciando inmediatamente una plataforma llamada el Templo de la Cruz. Era un basamento escalonado con una cruz en su parte superior, y algo más allá estaba otro basamento, el del Templo de los Sacrificios.

Reverencialmente, caminábamos callados, observando la grandeza de esa orbe del pasado, encerrada por la selva y el pantano, rodeada de peligrosos lagartos, tarántulas y crótalos.

«¡Miguelito!», fue el grito de saludo, resonando entre los viejos y deshabitados templos. Arturo, un pequeño hombre, moreno como ser de bronce, con la camisa desabotonada y una gran sonrisa, saludó afectuosamente a su ahijado Miguel. Luego de ser presentados, y mientras Miguel le explicaba la razón de nuestra visita como una etapa de nuestro viaje, Arturo recibió un excelente obsequio: una botella de finísimo whiskey. El hombre, conmovido casi hasta las lágrimas, agradeció el regalo, diciendo «querido Miguelito, me has salvado. Con tu permiso venderé esta botella y así podré hacerle —ahora si— su fiesta de quinceaños a mi niña. Podré hacerle un convivio en el pueblo y si ustedes se quieren quedar, por favor, serán mis invitados de honor», concluyó, abrazando con euforia a su amigo.

V

«Como un mar, alrededor de la soleada isla de la vida,
la muerte canta noche y día su canción sin fin.»
Rabindranath Tagore

Chabihau, Yucatán
17 de diciembre, 2004

No recuerdo el orden. Gritos y de pronto, algo parecido a una ola de calor, me golpeó en rostro y cuerpo: un aire verdaderamente caliente. Inmediatamente pensé «es un incendio».

Aproximadamente era la una de la madrugada y la fiesta había tomado más ímpetu. En el pueblito, Miguel como invitado especial del festejo, no pudo dejar pasar la oportunidad de lucirse como él es: un ostentoso derrochador. Trece horas antes habíamos zarpado desde las cercanías de X´Cambó, con rumbo hacia la casa de Arturo en el puerto de Chabihau. Con el timón entre sus manos, Miguel pensaba en voz alta, organizando todo lo necesario para ayudar en la preparación de la fiesta para la muchachita, diciendo «apenas anclemos en Chabihau, mandaré comprar mucha cerveza y comida. Ofelia será la más feliz quinceañera ». En efecto, al atracar, él ordenó contratar desde Yobain —un pueblo cercano—, los servicios de un tipo con un equipo de música para ambientar el festejo. Inclusive pidió trajeran desde Dzidzantún, un enorme pastel para la niña: aquello prometía ser un buen jolgorio, cortesía del buen Miguel. « ¿Qué más puedo hacer con tal de ayudar a mi padrino?», repetía sin cansancio. La niña, extasiada, recuperó la ilusión perdida, pues sus padres le habían hablado —semanas antes— sobre la imposibilidad de sufragar los gastos del cumpleaños. Rápidamente —siguiendo el curso de la alegría— se consiguieron mesas y sillas, vasos y demás, adecuando el patio frente a la casa de Arturo. Un sacerdote acudió para impartir una misa en la minúscula parroquia, y un centenar de invitados —de último momento— llegaron limpios y arreglados para el convite. Al atardecer, lanzaron cohetes al cielo y en el corral se bailó la jarana, cumbias y reguetón bajo la sombra de dos enormes ceibas, cuyas raíces cubrían las albarradas. Roberta, la madre de la jovencita no dejaba de agradecerle con lágrimas en los ojos, al alcoholizado Miguel. Él, como buen Sagitario, era el alma de la fiesta: magnífico proveedor incansable de festines y risa.

Pero algo salió muy mal.

Junto al camino, Eduardo de lejos nos llamó. Gritó una vez, sin fuerza, y lo vi correr poco antes de la explosión. Aturdido, no comprendía qué pasaba. Me volví, recibiendo un flamazo en la cara y las manos. La lumbre se levantaba en la casa de enfrente, irreal, con un fuego voraz atravesando el aire y las cosas. Intenté gritar, pero sólo salió un débil gemido. A mi alrededor, oscuras siluetas corrían, espantadas, gritando «¿qué pasa, por Dios, qué pasa?». El viento se llevaba el eco del pueblo, los gritos, el sonido de las llamas. El avance del tiempo era lento, con un fluir viscoso, impidiéndome actuar rápido. «Corre, ayuda en algo», pensé. Miguel me miró; su barbilla sangraba y tenía el cabello chamuscado: algo lo había golpeado. Sin hacer caso de la herida, su cuerpo enorme se inclinó y habló apresurado, diciendo muchas cosas en maya y español.

Con seis zancadas cubrí mi separación del incendio. Al llegar, en medio del humo y la confusión, vi destrozadas las puertas, las paredes y los perros. En la choza demolida, pedazos de muebles se distinguían entre los escombros y unos gritos salían del fondo, de entre las flamas. Apenas entré, y un madero cayó sobre mí. Silencio y oscuridad sin viento me envolvieron, sofocándome.

Al despertar, sin cejas ni pestañas y con la ropa oliendo a quemado, percibí alrededor restos de comida tirados entre las sillas. Luego me dieron agua, sujetándome la cabeza. Mi frente fue mojada, mis labios y mi pelo. La noche era niebla y cenizas. Sentí la tierra caliente, húmeda. «¿Arturo, qué pasa?», pregunté al contorno gris que estaba inclinado ante mí. «Un cohete, eso fue… cayó encendido en la casa de mi cuñado Luis y se prendió algo… después tronó el tanque de gas… y se murieron sus hijos», explicó el hombre, con voz rota, afligido.

Cuando el cielo se puso violáceo, entre rescoldos y lamentos, la desgracia nos hizo suyos. Al otro lado de la calle, dos niños fallecieron. Antes del fuego dormían en su casa, agotados por la fiesta. El estallido los alcanzó y quedaron calcinados. Yo creí oír a alguien cuando entré a la choza en llamas, pero fui derribado por una viga. Eduardo me sacó a rastras, como pudo, luego, sin importarle nada más, entró descalzo a la casa, rescatando a la tercera de los infantes, Paola, la única sobreviviente. Ambos, niña y Eduardo, se quemaron piernas y pies.

Pudimos haber muerto.

Oía con claridad la voz de Arturo, hablando lentamente. El ardor en mis brazos se intensificó. Los cielos, vacíos, tragaban rojas volutas de humo sobre la tierra calcinada, y desde el mar se alzó la bruma.

Frente a la casa de Arturo, una imagen de la virgen del Carmen, patrona de los marineros, yacía abandonada.

VI

«Mi abuela dice que el primer carro que vi era azul.
Al recordar que recordaba, yo digo que era verde.
El carro ya no existe.
Como una imagen rayada por una vara en el agua
los recuerdos se funden, se confunden.
Así de frágil es el pasado.»
Enrique Servín, El agua y la sombra

Chabihau, Yucatán
17 de diciembre, 2004

Jacinta sufre aún dentro de mi memoria. Pobre mujer, qué desolación: ¿habrá alguien quién la conozca, una como la suya? Ella, la madre de los niños muertos, lloraba al amanecer, cuando —con el mayor cuidado— pusimos los huesos astillados de las víctimas sobre una sábana. ¿Dónde está ese lugar aparte, más allá del conocimiento de lo real, comarca más allá de la muerte? Xib'alb'a, abajo; la Gloria, arriba.

Esa mañana llovió. Era una lluvia intermitente, a veces amainaba, en otras se precipitaba pertinaz, tormentosa. El mar, embravecido, sombrío y brumoso, atrajo rayos desplazándose horizontales sobre las casas: eran centellas. Las nubes —bajas, muy bajas—, a su paso por aquel cielo carecían de sustancia. El viento era de agua.

Cuatro días de luto, aflicción y desconsuelo. La tragedia atrajo a los habitantes de los pueblitos vecinos. El velorio estuvo muy asistido, tratando de apoyar a los deudos, incapaces de encontrar las palabras. Los medios de comunicación llegaron, atraídos por la noticia y declararon a Eduardo «un héroe, noble y valiente»: y lo fue, nos rescató; ni una vez lo asaltó el temor. Miguel envió a los heridos para ser atendidos, al mejor hospital en Mérida. La niña, Paola, recibió tratamiento por quemaduras de primer y segundo grado en las piernas y pies; las de Eduardo fueron de tercer grado, perdiendo dos dedos del pie. Él dijo, mientras lo sacaban de la clínica rural con rumbo a la capital «ustedes síganle, terminen el viaje. Yo ya encontré lo que buscaba». La puerta de la ambulancia se cerró, pero nos dejó aclarado algo: Eduardo regresaría al pueblo. El presidente municipal le había dicho «don Eduardo, una vez complete su recuperación, le pido se encargue de la escuelita del pueblo»: Eduardo había encontrado su lugar, dignificado, aceptado como era.

VI

«La vida sin examinar
no es distinta a una vida examinada.
Preguntas sin respuestas,
comentarios sin importancia,
teoremas por probar, argumentos gastados,
Hay que escribirlo todo:
el paisaje, las marinas,
la duración de la luz sobre los siempreverdes,
la orilla oscura de la noche, tienes que escribirlo.»
Charles Wright, Zodiaco negro

Chabihau, Yucatán
20 de diciembre, 2004

De zarpar ya, nos quedarían cuatro días por delante de travesía. Decidimos continuar y al término, retornaríamos a Mérida para acompañar a nuestro amigo en su convalecencia. Un fuerte norte alcanzó la península la mañana fría de nuestra partida. Levé el ancla, y navegando a un largo, con el viento a popa del través por el costado de babor, Miguel nos llevó a siete nudos hasta el atracadero de San Felipe. Entre nosotros no hubo palabras, sólo una botella de ron pasando de mano en mano. Nuestro cargamento era amargo, intentando atarnos a la tierra. Silencio, la selva hacia la derecha, el mar profundo a la izquierda, avanzando en la punta del mundo.

Anclamos a una milla de la costa, muy de noche, esperando el alba para atracar en el puerto. Una ventolina —quizás de dos nudos— apenas levantaba pequeñas olas sin espuma. Miguel durmió en su cabina, yo en la cubierta, mirando

la nada, escuchando la mar: si la vida continuaba, esta vez
—vacío de miedo— la aprovecharía.

En la mañana, pisando tierra, desayunamos en un restaurante llamado "La cueva del buzo". Arriba, desde lo alto, an-
danadas de pelícanos se dejaban caer hacia las olas, buscando
su comida. «¿Otras?», preguntó Miguel. «Si», dije, aceptando
la idea de comprar más botellas de ron para continuar.

El viento crepuscular nos encontró en el malecón, sentados frente a una estatua blanca. «Homenaje al pescador»,
rezaba una leyenda labrada en una losa del pedestal. La sombra de ese monumento nos había albergado del intenso sol
de la tarde. Un turista holandés nos compartía —en pésimo
inglés— anécdotas de su travesía por el Mar Caribe. La cuar-
ta botella de licor pasaba de mano en mano; la embriaguez
con ron oscuro es magnífica si se procura con buen tabaco.
Nuestro amigo —de tez morena y corto cabello oscuro—, el
cual decía llamarse Ruud Gullit, afirmó ser un importante ju-
gador europeo de Soccer. Miguel le creyó, pero por mi parte
no. Aun cuando venía acompañado por una preciosa rubia,
y capitaneaba una embarcación de 40 pies de eslora, por alguna necia razón en mí, no le podía creí que él fuera quien
decía ser. Cierto o no su nombre, el tipo decidió —a mitad
de la borrachera— ir a su lujoso yate, y retornar con una caja
de madera barnizada y esquinas redondeadas. De su interior
emanaba el sublime aroma de unos puros. Jubilosos como el
humo que jamás toca tierra, fumamos aquellos cigarros Par-
tagás. El cielo, abandonado del sol, nos entregó lejanos astros
nocturnos. Luego, once o doce de la noche, no sé bien, una
luna menguada apuntó sus astas hacia Sirio y Betelgeuse.

Ya habría en la mañana, mejor luz para dictar el derrotero que medraba en los horizontes. Esa noche fue para descan-
sar, hablar, beber y fumar.

Pero hoy, me arrepiento de no haberle pedido al holandés su autógrafo.

VIII

«Debe haber algo extrañamente
sagrado en la sal:
está en nuestras lágrimas y en el mar.»
Khalil Gibran

Golfo de México
21 de diciembre, 2004. 9:50 AM

Cruzando por el canal de punta Nichili, miramos unas grin-
gas desnudas, bronceándose al sol, tiradas en la playa. Miguel les gritó y ellas, desde lejos, respondieron al saludo.

Esa tarde brotó del manglar una nube de alas negras,
cubriendo medio círculo del horizonte: los murciélagos des-
pertaban, elevándose a la vida, mientras la nave cortaba las
aguas silenciosamente con su quilla, hinchado el atrio de la
luz entre las velas, escribiendo mi bitácora con singladuras
de nostalgia.

Con la proa de mi memoria, partía la incertidumbre de
la sal en mis pupilas. Si atendía los vaticinios de la anciana Teresita, la curandera, la Dzac yah maya, lograría salir
del laberinto de mi soledad. Con cada día en la mar, pude ir
aceptando el augurio de la sabia mujer: «al final, todo estará
bien». El poder de sus palabras sería mi rosa náutica.

IX

«El romper de una ola
no puede explicar todo el mar.»
Vladimir Nabokov

Golfo de México
22 de diciembre, 2004. 11:05 AM

Dejando el Golfo de México, ingresamos a través del Paso Xolul a las aguas del Mar Caribe, bajando por la costa. Navegando por la aleta, entraba el viento del Canal de Yucatán por el costado de estribor, y Miguel me confesó «antes de que termine el año, iré a pedirle a Bertha que se venga a vivir conmigo a Progreso. Ahí conseguiré una casita y alquilaré mi barco a los gringos. Para vivir, me haré guía de pesca. ¿Sabes?, quiero intentar todo de nuevo».

A nuestro arribo a Tulúm —el día de Navidad—, resguardamos a Ángela en la dársena de un club de yates y nos fuimos a Mérida en camión.

Bajo un amanecer inmenso, lluvioso, recordé estas palabras de Colón: «El mar dará a cada hombre una nueva esperanza, como el dormir le da sueños». A fin de cuentas, supimos que para ser reales, cada uno debía encontrar su propia tierra, su cielo, su mar.

Nota:

Las obras aquí presentadas, poseen los siguientes premios y honorificaciones:

En su totalidad, la colección de relatos PSICOFONÍAS DEL GATO CUÁNTICO, obtuvo el Premio Internacional de Cuento Julio Cortázar, de Le Groupe de Littérature Julio Cortázar. (Orly, Francia. 2012.)

El relato HERCÓLUBUS (NOVO EDÉN), fue finalista en el II Certamen Literario "Picapedreros" de Microrrelato (Oviedo, España, 2012.)

El relato EVITA CAER POR EL AGUJERO EQUIVOCADO, fue finalista en el I Concurso de Cuento Breve "Voz Hispana", de la Editorial Mar en Proa. (Méx., D.F. 2010.)

El relato DOPPELGÄNGER, fue finalista en la III Edición del Concurso Internacional de Microrrelatos Fundación César Égido Serrano - Museo de la Palabra (España. 2013), y además obtuvo Mención de Honor en la II Convocatoria de Cuento Breve "Caligrama", de la Editorial Caligrama. (Méx., D.F. 2010.)

El relato SUCESIÓN, obtuvo Segundo lugar en el I Certamen de Narrativa Hiperbreve "El país del día después", otorgado por la Sociedad de Escritores de Ciudad de la Costa. (Uruguay. 2011.)

El relato DERROTERO A TULÚM O UNA TRAVESÍA INTERNA, fue finalista en el I Concurso Internacional de Cuento "Editorial Vagón. (Cd. Juárez, Méx. 2012.)

www.ingramcontent.com/pod-product-compliance
Lightning Source LLC
Chambersburg PA
CBHW030532020726
47494CB00004B/1335